KB129738

5

라이트 에디션

글 네온비 그림 캐러멜

중앙books

도롱
도롱

슥…
….

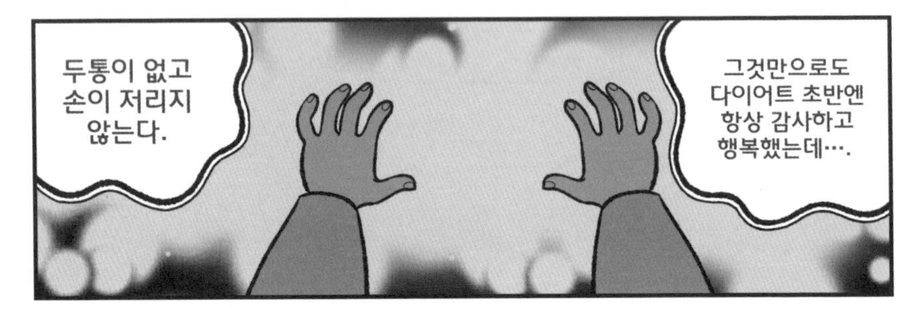
두통이 없고 손이 저리지 않는다.
그것만으로도 다이어트 초반엔 항상 감사하고 행복했는데….

이대로 다이어트를 포기하면 예전으로 돌아가겠지.
다시 살찌고, 다시 아프고, 집에만 있게 되고….

그런 생활은 이미 지겹게 겪었어.
외모 문제가 다가 아니야….
난 살을 빼야만 하는 이유가 많아.

여기까지 와서
포기하는 건
내 몸에
못 할 짓이야.
뒤척
뒤척

….
하지만….

여태까지의
노력이 그런 식으로
비웃음 당하는 건 ….

여전히 마음이
아프다….

그래도 내 노력으로
여기까지 왔잖아?
난 대단해.
응, 응.

좋아…!
내일부터 다시
시작하자.
초심으로
돌아가자!
초심으로!

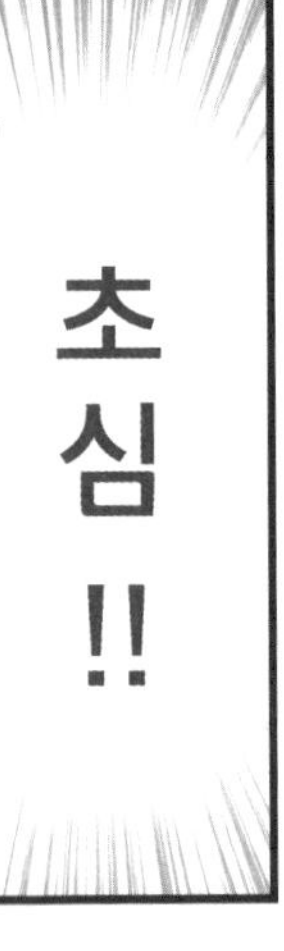
초
심
!!

저 운동 열심히
하고 있거든요?!
너 나보다
스쿼트 잘함?!
뭐야?!
뭐!!
?!

이 자식!
감히 내 회원을
농락했겠다?!
콱
너 혼 좀
나볼래?!

선생님이 그때
옆에 있었다면
내 편을 들어
줬겠지…?
커…

대홍수를 겪은 지방과 근육은 잠시 휴전 협정을 맺기로 했으나
좀처럼 의견 차이를 좁히지 못해 난항을 거듭하고 있었다.

그래서
어쩌라고!
이 자식!
근육 좀
늘었다고
잘난 척
하지 마!
쾅
우리도 아직
지방 많이
남아있어!!
못해
먹겠네!
에잇
잘난척
하지마!
에잇!
이 자식!
그만!
그만!
우당탕
흥분은
금물이라네.
친구들.
일단 앉아.
앉아
보라고.

휴우.

자….
그럼
이렇게
하자고.

사실 나도 수지 체중이
급격히 변하게 되면
이것저것 세팅할 게 많아.
윈도우 새로 까는 것보다
더 귀찮다니까, 진짜.
그러니까 우리
잠시만 두고
보자고.
어때?
수지의 다이어트
6개월 차.

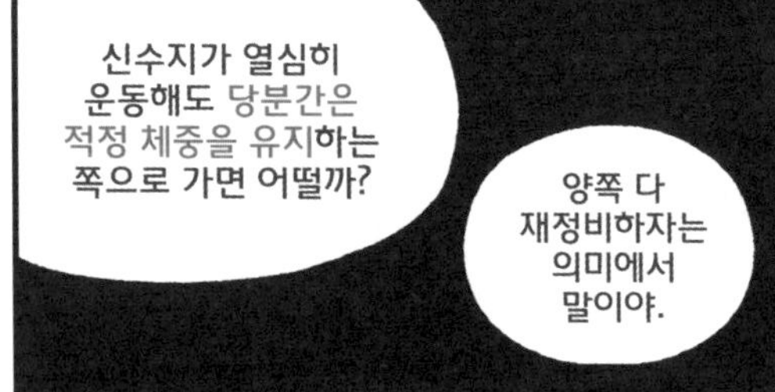
신수지가 열심히
운동해도 당분간은
적정 체중을 유지하는
쪽으로 가면 어떨까?
양쪽 다
재정비하자는
의미에서
말이야.

몸무게는 단시간에 급격히 낮출 수도 있지만
세트 포인트를 낮추기 위해선 시간이 필요하다.

그동안 계속
열심히 했는데
체중이 너무
변하지 않으면
신수지가 작정하고
계속 굶을 수도
있잖아요?
70kg쯤에서
결정하죠.

73.5!

71!

72…!
크악!
진짜
더 이상은
안 돼!
절레
절레
그동안 우리가
입은 피해가
얼만데?!
벌써 18kg 이상의
지방을 잃었다고!

작아지고 불쌍한
우리 애들을 봐!
….

좋아요. 그럼
72kg으로
정한 겁니다.
수지나라,
제 1차 세트 포인트
협정 타결…!

…이봐.
여기 추가 조항을
넣어야 할 것 같아.
어떤…?
'설탕, 액상 과당,
흰 밀가루로 만든
빵이나 면 종류를
먹으면 세트 포인트가
올라간다.'라고
추가해줘.

그런….
좋아,좋아. 이 정도는
근육 쪽이 양보해.
어쩔 수
없어.
ㅋ ㅋ ㅋ ㅋ
….

지방대장도
너무 좋아할 것 없어.
<자주>,<즐겨먹는>
이란 단어를 추가할
테니까.
이 정도는 이해해
줄 수 있겠지?
끄덕
끄덕

자, 새로운
협정문이야.
확인해보고
둘 다 사인해,
사인.
스슥
슥

길었던 회담이
끝났다.
잘 가.
싸우지 말고.

나름 성과가
있었지만….
충분하진
않은
결과다.

이렇게 힘들게
발전한 우리 마을을
끝까지 지켜내야
할 텐데….
옛날처럼 지방들에게
다시 괴롭힘 당하며
살 순 없어…!

신이여…!
부디 수지가 계속 운동과 식이 조절을 꾸준히 하게 해주시고…!
맛있는 걸 먹더라도 다음날 다시 열심히 운동할 수 있는 힘을 주십시오…!
제발!

이런 꼬마 근육의 바람이 통했는지….

초심!
벌떡
신수지 부활!!

초심!
치카
푸카
치카

초심!
훅
훅
훅
훅

좋아! 이대로 탄력받아서
12월과 1월을 열심히 하면
앞자리 6을 볼 수 있겠지?!
지금이
74kg
이니까….

두 달 동안 4kg
이상 감량이다!
이글
이글
열심히 하자!
난 할 수 있다!!

화이팅!!
수지는
그렇게
야심 찬
겨울나기를
시작했다.

초심!
1
3
초심!
17
20
초심!
5
8
26
19
22
30
31

열심히 운동한 지
두 달이 지났고,
어느새 2월!
57.1
고맙습니다.
고맙습니다….
이게 다 선생님
덕분이에요.
이렇게까지
변할 줄은
몰랐어요.
선생님은 정말
제 인생의 은인
이에요….

….

…???
….
아….
역시
그렇죠?
그렇지.

이렇게 쉽게
끝날 리가
없죠?
어쩐지 저도
이상했어요.
꼭 저런 컷이
나오면 꿈에서
깨더라고요?
전 앞으로도
한참 고생해야
되잖아요.
그렇죠?
하하하
ㅋㅋ
낄낄낄
ㅋ
SPORTS

….
한심한 녀석.
뭘 멍하니
서 있어?

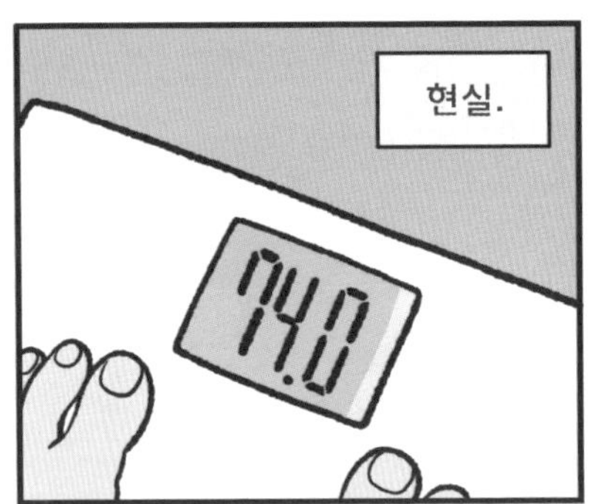
현실.
74.0

몸무게가 무슨 상관이야?
2달 동안 지방만 2kg이나
늘었는데!!
체성분 분석
체중
근육
지방
크윽….
순수
지방만!!

그….
그래도….
찌지는
않았….
얼씨구?

초심으로 돌아가겠다던
수지는 왜 이 지경이
되었을까.
쏴아아아
아하하!

아오!! 이렇게 먹어 제낄 줄
알았으면 세트 포인트 협정
같은 거 맺지 말걸!
아직도
겨우 74kg
이라니!
이제부터
시작입니다.
대장님!
이대로 쭉
쪄버리는
겁니다!

비!
만!
비!
만!
무럭
무럭
무럭

시간은
두 달 전으로
돌아간다.
초심!!

그토록 단단히 결심한
수지였지만….
펄쩍
초심!!
펄쩍
초심!!
펄쩍

각종 모임이
많을 수밖에 없는
연말연시를 피할
도리가 없었던
것이다.
늦겠다,
늦겠어!

12월 초 동창회.
너 살 많이
빠졌구나?
그래…?
와~
대박~

진짜
예뻐졌다!
진짜!
고마워ㅋ

이 멍청아! 이번 주엔
치팅데이 없어!
네….
죄송해요….
안주를
이렇게 많이
먹으면
어떡해?!

그래도 예뻐졌다니까
기분 좋다.
히히

12월 중순 부모님 댁 방문.
SPOM
아이고 세상에! 얼굴이 반쪽이 됐네!?
회사 일이 많이 힘든가 보구나?

수지야. 식기 전에 들어라 어서.
먹고 죽은 귀신은 때깔도 좋단다
어쩜 이렇게 살이 많이 빠졌다니?
우리 딸 길에서 마주치면 못 알아 보겠다!

부모님 앞에서 걱정을 끼칠 수 없지!
팍팍 먹자! 집에 있을 동안만!
와구 와구

진짜 이럴래?? 식단이 이게 뭐야?!
엄마가 가져가서 먹으라고….
죄송 합니다 ….
그리고 뭘 또 싸온 거야?

그래도 맛있다….
맛있네.
부모님이 싸준 음식은 둘이서 다 먹는 데만 꼬박 일주일이 걸렸다.

새빛은행

띠롱
수지 씨. 크리스마스에 별일 없으면 솔로들끼리 모여서 파티 어때요?

!

…해서 크리스마스 때 저희 집에서 파티하기로 했어요.
팡
팡
뭐….
크리스마스는 어쩔 수 없지.
나도 약속이 있어서 늦게 들어올 거야.

어디 가는데요?
주섬
주섬
나도 친구들이랑 밤새워 놀기로 해서.

어쨌든 너무 과식하진 말고 적당히….
알았지?
넷!

다음날 아침.
으….
머리야….

깨작
깨작

한번 해이해지기
시작한 생활패턴은
걷잡을 틈도 없이
무너져 갔다.

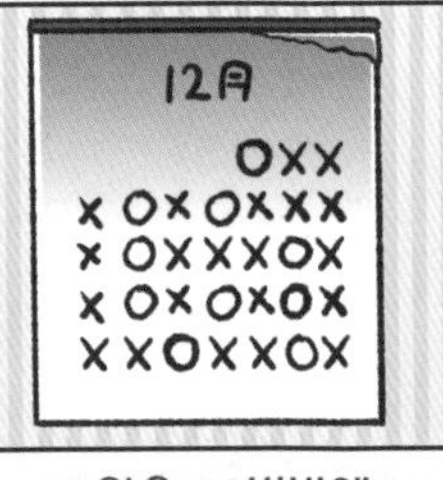

12월은 10번밖에
걷지 않았다.

그리고 설날.

오늘까지
망할 순
없어…!
좋아!
나물 반찬
위주로
먹는 거다!
나물 반찬!

응? 우리 딸
지금 뭐라고
했니?
나….
나물….
납….
나물….

나물도 먹고, 산적도 먹고, 동그랑땡도 먹고, 부침개도 먹고,
떡국도 먹고, 만두도 먹고, 갈비찜도 먹고, 잡채도 먹고,
불고기도 먹고, 먹고, 먹고, 먹고….
으흐흐
젠장

수지는 마치
개미지옥에라도
빠진 것처럼 연말과
정초라는 굴레에서
벗어나질 못했다.
꿀렁
꿀렁

틈날 때마다 열심히
운동하긴 했지만
먹는 양이 더 많은 게
문제였다.
열심히 했는데
왜 안 빠졌을까?
가 아니다.
74.0
열심히 했기 때문에
그나마 이 정도에서
멈춘 것이다.

…먹은 것에 비하면 체중은 비슷한데 왜 살찐 느낌이 들지?
체중은 소용없어.
내일 인바디 잴 거야.
쩝 쩝
설날 음식 처리반

역시 체중이 문제가 아니었어….
체지방이 문제였어…!
차라리 잘 됐다.
살 찐 걸 눈으로 확인했으니.
뚝 뚝 뚝

많이 먹어도 체중이 그대로라는 건 아무 의미도 없는 거야.
니 몸속의 체지방이 몇%인가가 중요하다고!

선생님도 한번 재봐요.
시, 싫어!
찬희도 2kg 찜.

한편 부장은….
빠아아아아

의외로 꾸준히 운동을 계속하며 건강을 지켜가고 있었다.
SPO

그랬다….
수지와는 달리 부장의 모임은 많지 않았던 것이다.
여보, 왜 친구 분은 안 오셨죠?
부부동반이라 오기가 좀 그랬나 봐….
기쁘고도 슬픈 복잡한 심정….

덕분에 허리띠는 두 칸이나 줄었다.

이랬던 내장이….

이렇게 된 거다.
아 하 하 하

아이고 이놈아! 살이 왜 이렇게 쪽 빠졌어, 응?
뭘 또 이렇게 사왔다니.
SPOM

일단 밥부터 먹어라, 먹어.
부모 눈에 보이는 부장.
하 하 하
예 예
먹어.
먹어.
먹어.
잘 왔다. 마침 좋은 소식이 있거든.
?

온 김에
선 보고
가라.
선 자리 좋은데
알아놨어.
내일 12시
매운탕 가게.
예?!
이렇게
갑자기….
선???

이놈!
너 지금
몇 살이냐?
결혼 안
할 거야?!
딱

아… 아직은
일이 너무
바빠서.
시간도
별로
없고….
잔말 말고
한번 보라니까.
보면 마음에
들 거야.

너랑 나이도 비슷하고
아주 곱다니까.
직업은 헤어
디자이너래.

쑥스러우니까 밥이나
먹고 돌아가야지.
주류
빨간 매운탕
23,000 35,000
소주 3,000
맥주 3,000
막걸리 3,000
음료수 1,000
취미가
뭐예요?
예?
취미요?

(예전엔
도넛가게 포인트
모으기였지만,
지금은)
…
운동입니다.
아하!

먹는 건
싫어
하세요?
네?

저는
맛집 투어가
취미예요!
맛집 블로그
포스팅도
하구요.
예?
아…
예….

다이어트
때문에
많이는
못 먹습니다….
저도 원래
먹는 거
좋아하지만….
네?
다이어트요?
왜요?

부장님
혼자
드세요.
제 주변
사람들은
전부
다이어트
한다고
안 먹던데요….

에이~.
건강하면 되죠!
어차피
짧은 인생
먹는 재미
아니겠어요?
듬뿍
듬뿍

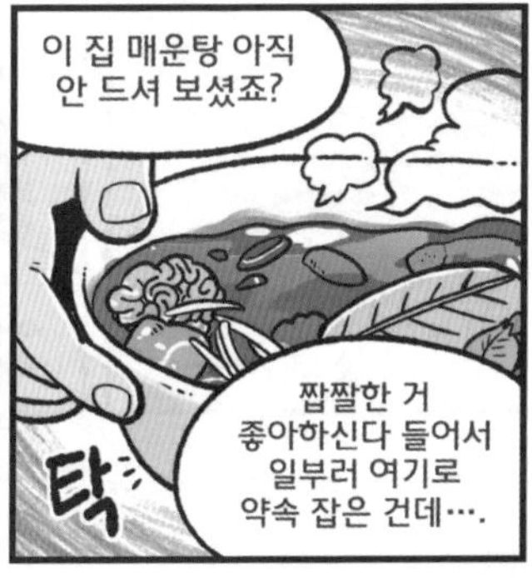
이 집 매운탕 아직
안 드셔 보셨죠?
짭짤한 거
좋아하신다 들어서
일부러 여기로
약속 잡은 건데….
탁

여기 매운탕 진짜
이거예요, 이거!!
네….
헤어
디자이너
라서
그런가
정말
붙임성이
좋네….

편안해….
후룩

우아아

오랜만에 느끼는
매콤하고도
얼큰한 맛!!!!
허비 허비
냠냠

달그락..

정말
맛있네요…!
최고예요.
후식으로
아이스크림
어떠세요?

아, 아이스
크림이요?
이 근처에
아이스크림
카페가 있거든요!

좋죠?
얼른 가요,
얼른요!
뭐, 뭐지
이 여자?!
짠맛과 단맛의
균형을 생각하는 게
꼭 나 같은데…??

ㅋ ㅋ ㅋ ㅋ ㅋ ㅋ ㅋ ㅋ ㅋ ㅋ ㅋ ㅋ ㅋ ㅋ

맛있다!
챱 챱 챱

즐거워!
냠 냠
냠

행복해!
벌렁

뿌아아아——ㅇ
명절 연휴 마지막 날.

벨트가 한 칸 늘었지만
그건 사소한 문제였다.

사실 몸이 꼭
좋아야 할 필요는
없지 않나?
내가
헬스 트레이너
될 것도 아닌데….
맛있는 것도
먹고 적당히
운동하면
안 되나…?

꼭 날씬해야만
건강해지는 거야?
조금 뚱뚱해도
건강하게 살 수
있는 거잖아?
빵 빵-
서울역
빵-

그렇다.
사실 이것은
가치관의
차이다.
그래도
되도록
계단을
이용.
우르르
날씬한 게
더 즐거운
사람은
날씬하게
사는 삶을,

먹는 게 더
즐거운 사람은
맛있게 먹는
삶을 택하면
된다.
건강을
해치지 않는
선에서.

역시 나는
먹는 게
너무 좋아.
세상에 이렇게
맛있는 게 많은데
이걸 다 참고
포기하며
살라니…?
나이가 들면
이가 약해져서
씹고, 뜯고,
맛보고, 즐기지
못할 수도
있는데….
BENNIGAN'S GRILL & PASTA
Waffle
HOF
BBQ

인생을 정말
즐겁게 산다는 건
뭘까….

정신 차리시죠!
아직도 회원님은
비만이에요!
이때까지 PT는
뭐하러 받은
겁니까?!
갈 길이
멀단
말입니다!
짝
부장 PT노트
끄흐흐…

라고 할 줄 알았던
네온비 관장도….
…사실
모든 사람이
몸짱이 될
필요는 없죠.
!

너무 마른 것보단
약간 과체중인 경우가
더 건강할 수 있다는
연구결과도 있고요.
솔직히
닭가슴살만
먹고 어찌
삽니까?
저도 가끔
컵라면
먹습니다.
네?

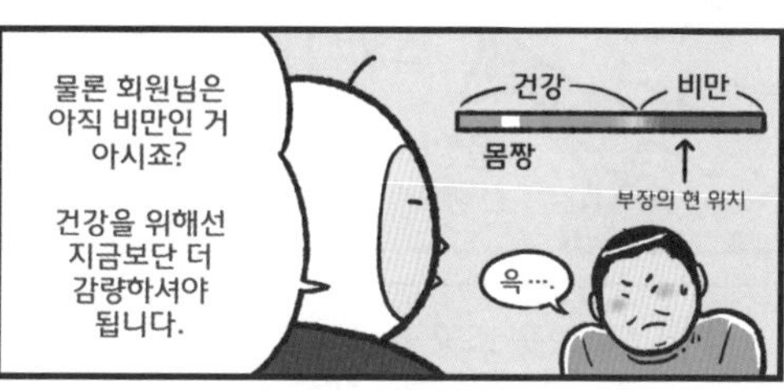
물론 회원님은
아직 비만인 거
아시죠?
건강을 위해선
지금보단 더
감량하셔야
됩니다.
건강
비만
몸짱
부장의 현 위치
윽….

몸짱은
안 되더라도
….
아주 잘 먹고
꾸준히
운동하면,

건강한 통통맨이
되실 수 있습니다.

네….
하하하.
화이팅
하세요.

인생의 노선을 조금
바꾸기로 마음먹은 부장.

하지만 수지는 꾸준히
다이어터의 길을 간다.

수지는 현재
상체 근력운동
+복부운동 / 유산소,
CARAMEL DUMBELL 5
하체 근력 운동
+복부운동
/ 유산소,
컨디셔닝
운동을
하루하루
번갈아서
한다.
몸이 아프면
푹 쉬고 다시
좋은 컨디션을
유지했다.

이젠
유산소 운동의
방법에도
변화를 주기로
마음먹은 찬희.
수지의 발목에
무리가 갈까 봐
지금까지
빨리 걷기만
했을 뿐,
제대로
달려본 적이
없었다.

1. 운동장을 달려보자

대한민국 어디라도 학교가 있고, 운동장이 있습니다. 운동장이 없는 곳에 사는 독자도 있겠지만 그런 곳은 드물 겁니다. 뛸 곳이 있다면 헬스장에서 벗어나 야외에서 달려보면 어떨까요? 아무리 좋은 헬스클럽이라도 야외만큼 공기가 좋지는 않습니다. 또 러닝머신을 움직이는 데에는 형광등 40개를 켜는 전기가 든다고 합니다. 소중한 환경과 지구 온난화를 생각하면 불합리하다는 생각이 들지 않나요? (참고로 헬스 사이클은 전기를 거의 소모하지 않습니다.)

헬스장에서 운동을 열심히 하고 있다면, 보통 운동 시간의 50~70%는 러닝머신에 할애할 겁니다. 러닝머신은 그다지 재미가 없고, 단점도 있습니다. 바닥이 스스로 움직이다 보니 운동장에서 달리기보다 운동량이 떨어집니다. 같은 속도라면 러닝머신에서 달리는 것보다 운동장에서 달리는 편이 훨씬 힘들다는 뜻입니다. 또 러닝머신에서 달리는 것과 운동장을 달리는 감각은 아주 다르며, 사용하는 근육도 미묘하게 다릅니다. 러닝머신에서 아무리 빨리 달릴 수 있는 사람도, 막상 실제로 달려보면 생각만큼 빠르지 않을 수 있다는 것이죠. 물론 러닝머신이 너무 좋아서 죽을 때까지 그것만 하겠다는 분도 있을 겁니다. 그렇지만 숲을 걷다가 갑자기 나타난 흉포한 곰을 만난다고 생각해봅시다. 곰은 먹잇감의 숨통도 제대로 끊지 않고 산 채로 먹는 무서운 맹수입니다. 그럴 때를 위해서 이왕이면 조금이라도 더 빠르게 단련해 보는 편이 좋지 않을까요?

처음에는 자신에게 적절한 속도를 알아봅니다. 5분 정도 뛴 후 약간 숨이 차는 정도가 적절한 속도이고, 이 속도로 20~30분 정도 뛰는 게 좋습니다. 뛰기 전에는 충분한 워밍업, 스트레칭을 해주고요. 익숙해짐에 따라 속도와 시간을 늘리는 등 다양한 변주가 가능합니다. 대표적으로는 인터벌 트레이닝이 있습니다. 〈다이어터 라이트 에디션〉 4권 83쪽에 소개되었으니 참고를 하셔도 좋습니다.

2. 러닝머신과 사이클의 다양한 기능을 활용해보자

헬스장에 가는 독자라면 러닝머신이나 사이클을 애용하고 있을 겁니다. 헬스장에 있는 운동기구는 가정용보다 월등히 비쌉니다. 가정용 기구는 하루에 1~2시간 정도 사용될 뿐이지만, 전문 운동기구는 온종일 거칠게 사용되니, 그만큼 튼튼한 기구를 쓰는 것이지요. 그런데 헬스장의 전문 운동기구는 비싼 만큼 다양한 기능을 갖추었다는 것을 아시나요?

'운동장을 달려보자'에서 말한 대로 러닝머신은 운동장을 직접 뛰는 것보다 운동 효과가 덜 합니다. 그래서 헬스 기구 제조사들은 이런 고민을 합니다.

"밖에서 뛰는 것 같은 느낌이 들면 덜 지루할 텐데."
"어떻게 하면 운동 효과를 높일 수 있을까?"
"얼마나 운동했는지 정확하게 알면 좋겠지?"

러닝머신이나 사이클을 시동할 때 잘 보면, 몸무게나 나이를 입력할 수 있습니다.
이때 정확한 몸무게를 넣으면 상당히 정확한 운동량을 산출해 줍니다. 몸무게를 입력하지 않으면 평균 열량 소모량으로 계산하니 정확하지 않습니다. 식단 · 운동일기 쓰기에 재미가 붙었다면 한번 이용을 해보세요.

뿐만 아니라 운동 강도를 알아서 바꿔주는 기능도 있습니다.
신체는 같은 강도의 운동에 쉽게 적응합니다. 똑같은 운동을 반복하지 말고, 다양한 시도를 해보라고 권하는 것은 이 때문입니다. '인터벌 트레이닝'은 이러한 원리를 이용한 것입니다. 여러분이 마라톤을 한다고 생각해보세요. 완만한 구간도 있을 것이고, 언덕도 있을 겁니다. 어떤 구간에서는 다른 선수를 추월하기 위해 속도를 내야 할 때도 있을 겁니다.
이런 복잡한 환경에 반응하면서, 심폐지구력과 근력뿐 아니라 순발력, 협응력이 높아집니다.
평소에는 단련되지 않는 하체 근육을 더 쓰기도 하고요.

고급 러닝머신은 이러한 환경을 유사하게 재현합니다. 이를 보통 프로그래밍 기능이라고 합니다.
한 번 설정을 하면, 다른 스위치를 누르지 않고도 속도 조절과 높낮이 조절이 자동으로 되는 것입니다. 어떤 프로그램은 오르막과 내리막이 반복되고, 또 어떤 프로그램은 가파른 언덕을 끝없이 올라가기도 합니다. 또 지방 연소에 특화된 루틴을 반복하기도 하고요. 아무런 조작 없이 러닝머신을 뛰는 것보다 힘들지만, 더 집중이 잘 되고 운동 효과도 높습니다.

트레이너의 코칭을 관찰하면, 러닝머신이나 사이클의 속도를 계속 바꾸는 모습을 보실 겁니다.
그러는 이유는 간단합니다. 그것이 운동 효과가 더 크기 때문이지요. 러닝머신의 프로그래밍 기능은 유산소에 관한 한 트레이너 코칭보다 더 효율적인 운동이 가능하게 합니다.

기계를 조작하는 일이라 처음에는 익숙하지 않겠지만, 10분 정도 조작을 해보면 기능을 파악할 수 있습니다. 이왕 비싼 돈 주고 헬스장에 다닌다면 기계 하나하나까지 다 뽕을 뽑고 오자고요.

트레드 밀.
제자리에서 걷거나 달릴 수 있도록 만든 신기한 기계다.
우리나라에선 흔히 러닝머신이라 통한다.

일반적인 야외 달리기보다 운동 효과가 떨어진다는 단점이 있지만
그에 못지않게 장점도 많다.
흐아아
우선 날씨와 계절에 상관없이 운동할 수 있고

잔돌을 밟고 자빠질 위험도 없으며
흐아아
일반 달리기보다 관절의 부담이 적다.

신수지.
오늘부터는 속보가 아니라 달리기를 할 거야.

다….
달리기요?

헉
헉
헉
헉
느릿
느릿

핑글

수지야. 넌 그냥 쉬는 게 좋겠다.
괜찮아?

그 뒤로 수지는 달리기가 들어간 체육 시간엔 언제나 쉬었다.
우르르

대학교 때도.
BUS
뛰는 거 젤 싫어~.
부릉 부릉

회사 다닐 때도.
뛰는 거 너무 싫어~.
헐떡 헐떡

<달리는 것>은 수지에게 자동으로 <어지러움>, <숨참>, <메스꺼움>을 떠올리게 하는 것이다.
뛸 수 없을 거예요. 그냥 빨리 걷기만….
전 못해요….

지금은 체력도 좋아졌고, 체중도 가벼워졌으니 발목에 무리가 가진 않을 거야.
지금의 넌 충분히 뛸 수 있어!

꼭… 뛰어야 좋은 건가요?
'유지'가 아니라 '감량'을 위해서 한번 뛰어 보자고.
속보가 나쁘다는 게 아니야. 운동의 강도를 서서히 올리려는 거지.
올리는 중.
7.2
Speed
삐삐삐
처음엔 5로 걷기도 힘들었지만 지금은 6.8도 가볍게 걷잖아.

시작!
헉헉
윙~ 윙~
철썩
윙~
철썩
헉 헉
아, 따거!

1분 정도
라면….
1분은
뛸 수
있겠어요.

잘했어!
오늘은 30분
유산소.
30분을 5분씩
나눈다.

살을 빼려면
뛰어야 한다.
vs
걷는 걸로
충분하다.
운동을 시작한
사람들이 항상
고민하는 문제다.

물론 꾸준히 걷기도
감량 효과가 있으며,
체력 수준에 따라
걸을 것인지
뛸 것인지를
결정하면 된다.
웅
웅 웅

찬희가 수지에게
달리기를 시키려는
이유 중 하나는
심폐지구력을 키우는 데
효과적이기 때문이다.
폐와 심장이 튼튼해질수록
우리 몸은 더 많은 산소를
사용할 수 있다.

이는 마치 자동차의
엔진이 바뀐 것과 같다.
더 많은 산소는
더 힘든 운동도
가능하게 만든다.
그만큼 연료도
더 먹는다.

엔진을 업그레이드
할수록 기름을 펑펑 쓰는
자동차가 되는 것이다.

쿵

짝

쿵

짝

초보자에게
무조건 갑자기
뛰라고 하면
당연히
될 수 없지….
뛰세요!
뛰세요!
의지로
뛰세요!
자신과의
싸움에서
이기세요!
흐엉
흐엉
우우웩

몸이 적응
할 수 있게
천천히
늘려나가야
한다.
시간도,
속도도…!

무리한 달리기는 오히려 운동을
하기 싫은 것으로 만들어 버린다.
소닉~
소닉♫
바람돌이
소닉♪
으악!
쨍그랑

다음날, 근력 운동 후.
유산소 30분.
오늘은 2분 뛰고
3분 걷기야.
네.

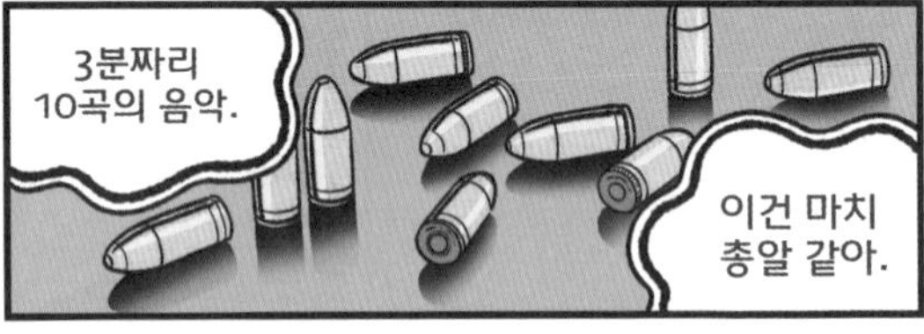
3분짜리
10곡의 음악.
이건 마치
총알 같아.

뛰기 좋은
빠른 템포의
음악들도
넣어왔다.

가득 장전된
최고의
총알 10개.
DANCE – 3:00
이걸로
30분 따위
금방
해치우는
거다!

탕
탕
탕
탕
탕
탕

해치우자,
30분!
웡웡
웡
웡 웡

서찬희.

오늘 GX 수업 끝날 때쯤 들어와 봐.
왜요? 뒷정리는 관장님이 하세요.

알았습니다.

G·X
수고하셨습니다!
짝 짝 짝 짝

벌써 다 씻은 거야?
아, 네…. 그런데 여기 서서 뭐하세요?
집에 안 가요?

관장 놈이 수업 끝나고 들어오라 해서….
그러죠 뭐. 어차피 집에 같이 가야 하니까.
너도 들어올래?
아, 저 운동화 끈 좀 매고요.
그래. 먼저 들어간다.

…회원분들도
아시다시피,
저희 큰 헬스장의
회원이 많이
늘었어요.
특히 오후,
저녁반
회원분들이
많이
느셨고요.
맞아요
맞아
스윽

그래서
새 트레이너를
영입하기로
했습니다.

꼼지락
꼼지락

저….
?

이쪽이 GX룸
인가요?

아….
예, 예.

앞으로
기구사용이나
기타 궁금한
사항은….
저기 서찬희
트레이너에게
문의하시길
바랍니다.

으, 응?!!
?????

여러분, 앞으로
서찬희 코치가
GX 수업도
진행할 겁니다.
짝
짝
짝
짝
호호
축하해요
축하해
열성적이긴
했지

무… 무슨
소리세요.
갑자기!
노망이
나셨나?!
내가 전에도
GX강사
맡길 거라고 했잖아.
말 그대로야.

그, 그럼
월급도
주나요?
물론.
개인 PT
들어오면
시간도 잘
조절해서
해봐.
하지만, 빚은
월급에서 조금씩
공제할 거야.

…….
씰룩
씰룩

….

어….
저….
앞으로
열심히
할 테니….
저만
믿으시고….
이 순간을 신수지가
봐야 하는데…!
안 들어오고
뭐하는 거지?

아,
그리고….
저기 왔군.
한 명 더
소개하겠습니다.
?

저녁 타임
또 한 분.

끼익

안녕하세요. 회원님들! 저스틴 리 라고 합니다.
앞으로 잘 부탁 드립니다!
마찬가지로 GX 수업을 진행하실 분이에요.
저스틴 리 트레이너 입니다.
?!
오오오ー
....
아주 미남 코치님이 오셨네!
하하하
반가워요

꺄!
늦겠다!
늦겠어…!
….
일찍
일어났으면
좀 깨워
주시지….
타타탓

웬일로 일찍
일어났네요?
어….
우적
우적

축하해요.
정식 트레이너
된 거!
이제
식사도
거의 따로
해야
겠네요.
잘 챙겨
먹으면서
식단일기
쓸게요.
어….

이제 점점 날이
따뜻해지니
헬스장이 북적
거리겠어요.
새로 온
저스틴
선생님도
멋있고….
….
스윽

와르르

지금 이렇게 노닥거릴 시간 있어?
빨리 가! 빨리 회사나 가!
북적 북적
….

네, 네….
? ? ?
….

신수지 이 자식…. 아무한테나 선생님이라고 불러?
멍청한 녀석 같으니…!

저스틴 코치 키도 크고 모델 같네.
수군 수군
세련된 느낌이죠?
수군
맞아요, 맞아.
PT 한번 받아봐?
OFFICE

관장님, 밖이 좀 시끄러운데요?
수군
신경 쓰지 마.
수군
수군 수군

자, 이쪽은 서찬희 코치.
이쪽은 저스틴 리 코치.
나이는 동갑 입니다.

프로그램은 각자 자유롭게 짜고, 월, 수, 금은 이 코치가,
화, 목은 찬희. 다음 주부터 가는 걸로….
제가 왜 하루 적죠?
차별 아닙니까?

그야 이 코치가 경력이 더 풍부하니까.

GX뿐만 아니라 PT 경험도 훨씬 많은 친구야.
여기 오기 전에는 강남에서 모델, 연예인 지망생들 전문 트레이너였어.
스포츠 관련 자격증도 갖고 있고.
찬희 너도 잘 모르는 부분은 이 코치한테 많이 물어보도록 해.
….
저도 다 압니다. 개인 PT랑 똑같이 하면 되잖아요.
하하, 아니죠. 찬희 씨.
개인 PT와 단체 GX는 달라요.
PT는 심도 있고 디테일하게 접근할 수 있지만
GX는 회원님들의 반응을 보고 흐름을 잡아서 포괄적으로 진행해야 합니다.
물론 재미있게 하는 것도 중요하고요.

그래.
맞는 말이야.
역시.
….

찬희 씨.
모르는 게 있으면 언제든 편하게 물어봐요.
아뇨.
관장님한테 물어보면 됩니다.
그리고 찬희 씨가 아니라 서 코치 예요.

쿠
쿠
쿠
쿠
쿠
참, 찬희야.
이 코치한테 탈의실 빨래 정리하는 법 좀 알려 드려.

퍽
퍽
퍽
퍽

튀어나온 빨래는 이렇게 눌러 줘야해.
이렇게!
이렇게!
퍽
퍽
퍽
…
찬희 씨.

당신 사이비지?

팍

하고 싶은
말이 뭐야?
뭐.
말해.

풋…
개나 소나
트레이너라고.
당신, 제대로
배운 트레이너
아니죠?
딱 그런
느낌이 나.
대충 헬스장에
인맥 있으니까,
트레이너
흉내나 내고.

당신 같은 사람 때문에
나 같은 진짜 트레이너까지
대충 몸 키워서 영업하는
머리 나쁜 사람들로 본다니까.
자격증은
뭐, 뭐 있어요?
최소한 3급 퍼스널
트레이너 자격증
하나 정도는 있겠죠?
그것도
없어요?
하긴….
나랑 그쪽이
같은 레벨은
아니니까.

…나한테 월급을 많이 줘야
하니까, 다른 트레이너는
그냥 싼값에 아무나
쓰는 건가?

울먹

어.
?

그래.
그래.
네 말
다 맞아!
?!!

평소 네온비의 갈굼에
단련된 강철 심장 찬희.
난 빨래정리
자격증
1급이야 인마.
ㅋㅋㅋㅋㅋ
데미지
없음.

잠깐!
쑤욱

후후. 이 시계
어때요?
예전에 나 좋아하던
PT 회원이
생일 선물로
해준 시겐데.
이게
얼마짜린지
알아요?
부럽죠?

나도 집에
시계 많아.
무거워서
안 가지고
다니는 거지.
이 옷은
얼만지 알아?
상상도
못할 거다.
펄럭
펄럭

그래? 그거 비싸?
한 만 원 하나?
거지생활을 오래 해
사치품에 별로
자극받지 않는 찬희

나는 옷도,
신발도,
먹을 것도
회원이
다 사준다네!
카하하
하하하
!!!

SMASH!
이 녀석이 회원 등쳐먹고 있네!
철썩
철썩
철썩
아!
그딴 걸 자랑이라고 !!!!

아, 왜 나만 혼내요! 재도 등쳐먹었는데!
뭐라고요? 정말입니까?
아뇨, 관장님. 전 그럴 사람이 못됩니다.

아오!! 당연히 아니라고 하지! 사람 볼 줄 모르시네!!!
큰헬스장
큰헬스장
그렇지. 그러니까 너를 아직까지 보고 있지.
ㅋㅋㅋ
ㅋㅋㅋ

띵동
92

안녕하세요. 오늘도 적금 넣으러 오셨죠?
네….
그리고 통장도 다 써서….
스윽

참 알뜰하세요.
학생 때 이렇게 꼬박꼬박 저축하기도 힘들 텐데.
새빛 은행
특별우대금
6.8%
적립식
벌써 250만 원이 넘었네요.

새 통장으로
이월해 드리고
2만 원도 같이
넣어 드릴게요.
….
잠시만
기다려
주세요.

6개월 전.
다
됐습니다.

3개월 전.
다
됐습니다.

지금.
다
됐습니다.

저….
저기
….
학생 우대 자유적금
네?

새빛은행
어떻게 살을
빼고 계시나요?

아, 아직 한참
빼야 되는데요, 뭐.
그리고 최근엔
좀 쪘는데…
흐흐흐
뛰었더니
빠진 게 벌써
티 나나?!

몇 kg이나
빼신
거예요?
6개월 동안
18kg 정도….
우와~ 대박.
어떻게 뺐어요?
운동이랑
식이 조절로
빼고 있어요.

운동 어떤 거
하는데요?
헬스요.
한 정거장 지나서
사거리의
큰 헬스장….
헬스?
헬스….
어디 다녀요?
거기 시설
좋아요?
가격은….
네,
저기….

고객님들께서
기다리셔서….
아.
긴 얘기는
힘들겠어요.

죄송
합니다….
시간을
많이
뺏었네요.

…손이
저려요?
네?
아, 네.

주물
…

피가 좀
안 통해서
그런가?
괜찮아요,
항상
이러니까.
하하

손발도
자주
저리고
…
오래
서 있으면
다리가
시리고
…

저기,
잠시만요.
…?
괜찮다면
조금만….

….

조금만 기다려
줄래요?

한편,
찬희는….
저스틴을
떠올리며
진지하게
GX 수업 계획을
짜보고 있었다.

ㅋ
ㅋ
ㅋ
ㅋ
ㅋ
ㅋ
흥. 누가
얕보일 줄
알고…!

흡족
….

관장님께
검사
받아야지.

관장님!
어-, 그래.
회원 등쳐먹는
찬희 왔구나.
수업 계획 좀
세워 봤는데
봐 주세요.

어디 보자….
PT체조랑,
복부, 스트레칭….
음, 음.
괜찮군.
이녀석, 고민
많이 했구나.

고민은요 무슨,
대충 짜본 거예요.
그냥 슥슥.
우쭐
우쭐
관장님!
불쑥

어제
구매하신
헬스음악
100선 CD
어디에
두셨어요?

아뇨, 괜찮아요.
뭐하러 일부러
수고해.
내일 틀면
되지, 뭐.
그래도…
가까우니까
금방 다녀
오겠습니다.
찬희가
느끼는
심리적
거리.

아, 집에
깜빡하고
두고 왔네!
아…
제가 갔다
올까요?

…집??

집까지
들락날락
한다…?
왜 이렇게
친해??

네온비
관장의 집
사각
사각
왜 왔냐?

허! 어쩐지
직감이 이상하더라니!!
내 이럴 줄 알았지!
관장님 설마
재랑 살아요?
뭐? 이 녀석!
재라니?

안녕하세요,
서 코치님?
서 코치
좋아하네. 꺼져.
잠깐 같이 살게 됐다.
예의 바르고 성실한
사람이야.
아니, 재랑
왜 살아요 진짜!
관장님이
몰라서 그렇지.
저 새끼 성격
이상해요.

이 코치가 근방에
괜찮은 집을 빨리 구하기가
쉽지 않아서, 잠깐 월세 받으며
방 하나 빌려준 것뿐이야.
어렵게 섭외해 온
좋은 트레이너한테
왜 자꾸 삐딱하게 굴어?
신경 쓰지
말아요.
네.

….

관장님 진짜 너무 하시네요. 저는 옛날에 막 꼴 보기 싫다고 내쫓아놓고….
그런 서운한 소리 마라, 찬희야.
지금도 얼마든지 내쫓을 수 있단다.

저스틴이랑 저랑 뭐가 다른데요?!
잰 돈 냈고 넌 안 냈어.

그리고 넌 청소, 빨래도 안 하고 보충제나 훔쳐먹고 헬스장 돈통 사기도 쳤잖아. 더 말해줘?
….
….
찬희는 차마 반박할 말이 없어서 슬펐다.

식사 다 차렸습니다, 관장님.

….

모락
모락

…밥은 먹었니?
Brave Man

아….
아니오….

그럼 어서
집에 가서
먹어.
잘 가라.
Brave Man

와앙
터벅
터벅

TAXI
부웅-
와앙

와앙
덜컹
덜컹
덜컹

앗?
어? 저녁
차리고
있었네?
2인분….

올지, 안 올지도
모르는 날 위해 ….

신수지….

?
?

누구야.
아…. 오늘 친해진 학생이요.
왜 나한테 물어보지도 않고 막 불러?!!

여기 제 집인데요.
그리고 헬스장은….
벌떡
곧 갈 거야.

하여간 내 주위 사람들은 전부 조심성이 없어.
세상 무서운 줄 모른다니까!
털썩
아무 사람이나 집에서 같이 살지를 않나!!

?

…그렇게 자기비하 안 하셔도.
뭐.
내 얘기 아냐!

날 가르쳐주시는
트레이너 선생님이야.
사정상 잠깐 얹혀
살고 있어….
우적
우적
네에….
근데 매일
샐러드,
닭가슴살,
고구마만
먹나요?

오늘처럼
이렇게 먹을 때도
있고….
음….
꼭 그렇게
안 먹어도
돼.

어차피
현미밥이나
과일이나
고구마나 전부
탄수화물이고.
닭가슴살이나
장조림 살코기나
다 단백질이야.
샐러드 대신
시금치를 먹어도
되고.
일반식으로
먹어도 비율만
잘 맞춰 먹으면
그게 다이어트야.
약간 간이
돼 있다고 해서
몸에 크게
영향을 끼치는 건
아니니까.

꼭 닭가슴살이나 토마토만
먹지 않아도 된다고요…?
그럼 밥 대신
과일만 먹는 것도 안 좋나요?
그렇게 다이어트 한 적 있는데.

밥을 먹으나 과일을 먹으나
결국 탄수화물을 먹는 거잖아.
한 가지
영양소로만
끼니를
때웠으니
될 리가
있겠어.

결국
실패했지?
네…….

고마워요.
언니.
모르는 거
있으면 또
물어볼게요.
꾸벅
즐거웠어.
조심해서
잘 가~.
이제 운동도
시작하겠대요.
콩…
식단일기도
꼬박꼬박
쓰고….

왜 모르는 애를
그렇게까지
신경 쓰냐?
이해가
안 되네.

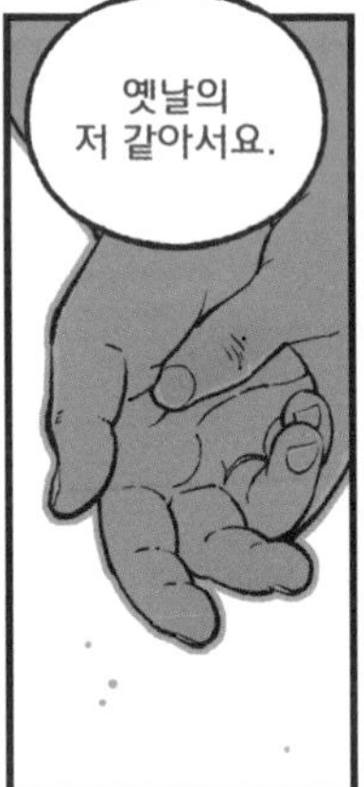
옛날의
저 같아서요.

잘못된 방법을
너무 많이 알고
빨리 빼려고
했던 게….

제가 겪었던
시행착오를
조금이라도 덜
겪었으면 좋겠어요.
좋은 다이어트
친구가 될 수
있을 것 같다는
생각이 들어요.
고등학교 2학년
송참새 학생.
이 여학생은
하루 빨리
수지의 헬스장에
등록하기로
결심했다.

며칠 후,
참새네 집

정말 돼지도
이런 돼지가 없네.

난 내가
너무 싫다.
예뻐지고 싶다.
아니… 보통만
돼도 좋겠다.
아무거나 걸쳐도
잘 어울리는
사람이 되고 싶어.

피부가
나쁘면
몸매라도
좋든가.

몸매가
나쁘면
피부라도
좋든가.

어쩜 이렇게
예쁜 구석이
하나도 없지?
안 좋은 건
왜 내가
다 갖고
있냐고….
난 이대로
이렇게
뚱뚱한
대학생이
되는 건가?

학생은
학생 나름의
아름다움이
있어요.
그러니까
화장 진하게
할 필요가
없단 얘기죠.

아니잖아요.

선생님….
그럼 저랑
바꿔 주실 수
있으세요?

절대로
안 바꿀
거잖아요
….

참새야.
밥 먹자.
518

뚱뚱한 엄마.
맛있지?
김치 새로
꺼냈어.

뚱뚱한 나.

뚱뚱한 우리 가족.

우리 엄마는
항상 이만큼씩
밥을 담는다.
나는 다른 집들도
다 이렇게 먹는 줄
알았다.

그리고 항상
장을 볼 때마다
빵을 사오신다.
크림단팥빵
6 개입

딱히 맛있진 않지만
있으면 먹게 되는 빵을.
냠 냠
냠

그렇게 먹은
빵이 바로
나다.
내가
먹는 것이
곧 내가
되는 거다.

…라고
찬희 선생님이
말해줬지.
이대론
안 된다….
뭔가
달라져야
한다….

이렇게 뚱뚱한 상태로
평생은 못 살아.

쭈뼛
쭈뼛
나 이제부터 저녁에 헬스….
휴. 이번 달 월급은 못 받을지도 몰라.

그, 그럼 생활비는 어떡해?
다음 달에 받을 것 같으니까 일단 마이너스 통장으로 버텨봐야지….

근데 우리 딸 방금 뭐라고 했니?
아, 아니….

뭐야? 뭔데? 말해!
엄마 궁금한 거 못 참아!
당신도 참.

…나 이제 학교 갔다 오면 저녁에 헬스 다니고 싶은데….
헬스 좀 등록해주면 안 돼…?

왜? 우리 참새 예쁜데!
뺄 데가 어딨다고!
오늘은 길에서 너보다 뚱뚱한 애도 봤다. 정말이야.
절레
절레
이런 말은 전혀 도움이 안된다.
그래, 돈은 얼마나 드는데?

6개월에
36만 원….
이렇게 끊으면
저렴하다고…
비싸네…. 안 되겠다.
그냥 저기 운동장 돌아.
줄넘기도 하고….

넌 지금 아빠
말 듣고도
헬스장 다니겠단
말이 나오니?
어흠….
확실히 타이밍은
좋지 않았다.

엄마….

여태까지 네가
이것만 사주면
살 빠진다고 한 거
다 해줬잖아.
다이어트
한약이랑!
몸에 바르는
뜨거운 젤?
그거랑!
입기만 해도
살 빠진다고 했던
운동복이랑!
등록금도 비싼데
공부만 열심히 해.
살은 대학 가면
다 빠져.

대학 가도
안 빠져 엄마~!
마지막으로 이번
한번만 도와줘, 제발….

너 정말
뺄 수 있어?
거…. 우리 딸이
하고 싶다는데
좀 해주지.
엄마랑
약속할 수
있어?

…알았어.
그럼 딱 6개월만
등록해줄 테니까….

한번
시작해봐.

참새가 10년 가까이
저축한 돈이 250만 원이
넘는데도, 그 돈을
쓰지 못하는 이유는…

성형수술을 위해
사고 싶은 것도 참고
엄마, 아빠 몰래 모으는
돈이기 때문이었다.

예뻐지고 싶은
참새의 소망은
그만큼이나
간절했다.
Home Mart

우리 참새가
운동을
한다고….
Home Mart
행사상품!
추가증정!
좋은 상품
1+
과자 4종 2+1
쌀/곡물
30%
2000원

그럼 먹는 것도
신경 써줘야
할 텐데….

양상추
친환경
양상추
3980
오렌지 1개당
1990원
골드키위 4EA
9800원
파프리카 1ea
2500

비싸네,
비싸.
샐러드
만들려면
하나만으론
안 되잖아?
대충
3종류만
사도
만 원은
넘겠어
….

만 원….
그 돈이면
차라리….

특
가
판
매
Fresh, Sweet
50%
SALE
2천원
7일간
이 가격!
2+1
라면 기획전
4+1

….

평소보다
조금 더
고민했지만
결국은
사던 걸
사게 된다.

참새 엄마도
잘 안다.
이런 음식들이
몸에 좋을 리
없다는 걸.
하지만
한정된 식비로
장을 보려면
어쩔 수 없다.
짠라면
저려미 비엔나
크림단팥빵
6개입
크림빵

미래의 건강을 위한
신선한 채소와 살코기는
비싸고, 빨리 상해 버리지만….
당장 한 끼를
때울 수 있는
빵과 라면은
저렴하니까.
건강에 좋은
음식이 무엇인지
알고는 있지만

참새 엄마는
그걸 담기가
어렵다.

3. 공복 운동 시 주의할 점

수지는 체지방을 많이 감소시키기 위해 공복 운동을 시작합니다. (《다이어터 라이트 에디션》 6권, 115쪽) 아침에 막 일어났을 때는 혈당이 낮고 따로 보관된 에너지도 부족합니다. 이때 운동을 하면 체지방을 에너지로 꺼내쓰게 됩니다.

그렇지만 공복 운동이 만능은 아닙니다. 공복이 길어지고 에너지 소모가 늘어나면 두뇌는 "어? 이거 뭔 일 일어나는 거 아냐?" 라고 생각해서 경보를 울립니다. 경보가 울리면 몸의 신진대사가 저하되어 기초대사량이 낮아지게 됩니다. 또 무리한 운동 시에는 오히려 근손실이 일어날 수 있습니다. (《다이어터 라이트 에디션》 2권, 111쪽) 근육이 마구마구 움직이면 많은 에너지가 필요합니다. 반면에 지방에서 충당하는 에너지는 속도가 느립니다. 이때 두뇌는 급한 김에 근육의 단백질을 분해해서 사용합니다.

공복 운동은 격하지 않은 유산소 운동을 30~40분 정도 하는 것이 적당합니다. 욕심이 나도 근력 운동은 제외하는 편이 좋습니다. 오히려 역효과가 날 수 있기 때문입니다. 또 운동 후에도 공복이 지속되면 추가적인 근손실이 발생할 수 있으니 운동 직후 식사를 하세요. 헬스장이 아니라 집에서 러닝머신이나 사이클을 이용해서 운동해도 좋습니다. 일어나자마자 운동을 하고 아침밥을 먹으면 그만한 꿀맛도 없지요.

점심이나 저녁 식사를 건너뛰고 일부러 공복 상태로 운동하지는 마세요. 아침이야 몇 시간 동안 아무것도 안 먹었으니 배속이 비고 에너지가 부족한 상황이 자연스럽습니다.
잠깐 그 사이를 이용해서 운동하는 겁니다. 하지만 점심, 저녁까지 의도적으로 공복을 유도하는 상황은 부자연스럽습니다. 그런 상황을 고의적으로 만들면 결국 요요현상이 일어날 수도 있습니다.

공복 운동의 체지방 감량 효과는 대단하지만 몇 가지 단점들이 있음을 꼭 명심하세요. 이러한 점을 고려하여 일주일에 두 번 정도가 적당합니다.

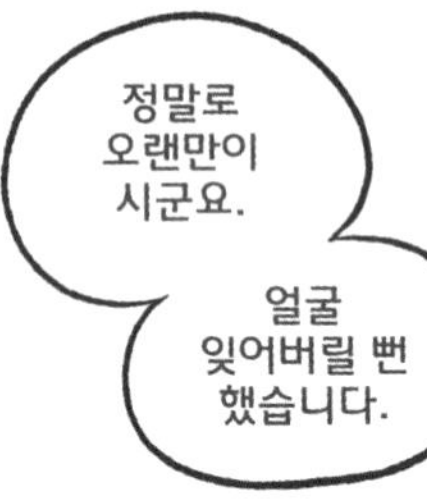

맞선녀와의
데이트로
운동에 잠시
소홀해진 부장.

쿵짝
복작
쿵짝
쿵짝
쿵짝
쿵짝
쿵짝
복작
복작

탁
탁
탁
탁

수지 씨…?
언제부터
뛰기 시작
했지?
헉
헉
헉

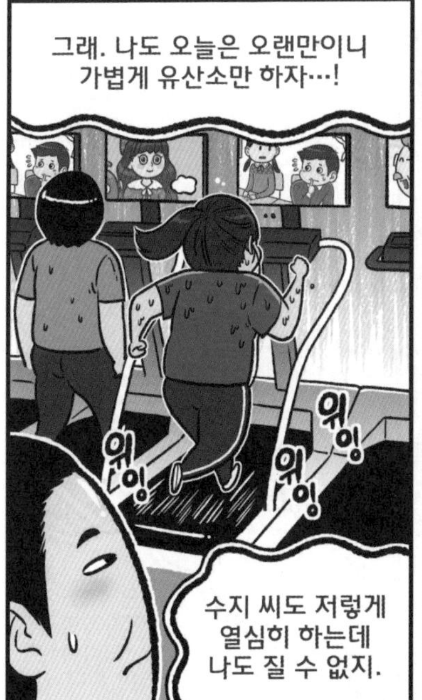
그래. 나도 오늘은 오랜만이니
가볍게 유산소만 하자…!
위잉
위잉
위잉
수지 씨도 저렇게
열심히 하는데
나도 질 수 없지.

슥

힐끔
힐끔

위잉
위잉
위잉
수지 씨,
제법 잘
뛰잖아?

좋아!! 나도
뛰어볼까!!
삐
삐
10.0
Speed
삐
난
남자니까,
10!!!!

윙
윙
윙
윙

윙
윙
윙
윙

윙
윙
윙
윙

으, 으??
수지 씨! 왜
속도를 줄이지
않는 거야?
내가 너무
빨리 뛰고
있나…!

쉬다가 갑자기
10으로 뛰는 건
너무 오바였나.
하긴 누가
본다고….
삐
삐
8.5
peed
그냥
수지 씨랑
똑같이
뛰자.

으으….
그래도 너무
숨이 차 ….
윙
윙
윙
윙
헐떡
헐떡
헐떡
조금 쉬었다고
이렇게까지
체력이
떨어지나….

유산소에 변화를 주기 시작한 수지.
4분 뛰기/1분 걷기를 6번 반복해서 30분.
후우
후우
후우
이것이 오늘 수지의 목표.

처음엔 1분 뛰고 4분 걷기도 힘들었던 수지였지만
뛰는 시간을 매일 30초, 또는 1분씩 늘리다보니
이제는 걷는 시간보다 뛰는 시간이 더 길다.

....
이 코치 또 회원 상담하고 있네. 나도 받아 볼까~?
빙글
빙글
맨날 말로만 그러네!

이미 스케줄 꽉 차지 않았으려나?
날씨가 슬슬 따뜻해져서 다들 마음이 급해지나봐.
스케줄 조정하는 것도 일이겠네요.
네온비 관장이랑도 친해보이더라구.
....

난 한 명을 가르쳐도 제대로야!!!
수지만큼 열심히 하는 사람 없지, 암!!
홱

그것이
바로….
저스틴의
가장 큰
고민이었다.

선생님, 짜장면
다이어트라고 아세요?
한 가닥씩 천천히
먹으면 뱃속에서
불어서….
근데
여자친구
있으세요?

방학 동안만
하루 4시간 정도씩
빡세게 할 건데…….
두 달이면
권상우 정도는
가능하겠죠?

서 있을 땐 괜찮은데
앉으면 다리가 퍼져요.
어떡하죠?
다리 살만 빼 주실 수
있나요?

저스틴은
냉철하고 실력 있는
트레이너였지만
상담을 거듭하며
슬슬 속이
답답해져 왔다.
인간의 다리가
플라스틱이 아닌 이상
앉으면 퍼지는 게
당연하잖아…!
의욕 충만하고
남들보다 더 절실한 회원.
저스틴의 실력을
입증할 수 있는
성과가 뚜렷한 회원…!
바로 그런
회원이
필요했다.

……
후욱
후욱
후욱

오늘 수지가 담아온 음악은
클럽 댄스 리믹스.
쿵짝
쿵짝

음악은
쿵짝
쿵짝
쿵짝

쿵짝
쿵짝
쿵짝
배경을
바꾼다.

쿵짝
쿵짝
쿵짝
쿵짝
쿵짝
쿵짝

쿵…
쿵…
쿵…
쿵…
쿵…

쿵…
쿵…
쿵…
이게 도대체 무슨 소리람?
자꾸 커져.
무서워, 무서워…….
쿵…

쿵…
쿵…
쿵…
으으…

뭐야, 자꾸!
시끄럽게!!
어디서 자꾸 쿵쿵거리는 거야?

재수없게 시리!!
쿵…
쿵…

발소린가 ???
근육 거인이 쳐들어 오는 건가?!!
와아아아
쿵
쿵
쿵
쿵

제2조 (체중의 변화)

1) 신수지가 많이 먹더라도 세트포인트는 72kg에서 유지하기로 한다.
2) 운동을 꾸준히 하면 체중에서 각자 차지하는 비율은 지방과 근육이 협의하에 유지한다.

선물도 준비
했습니다.
짜잔
!!!

이, 이거
너무 무리한 거
같은데….
하하하….
저번
한꺼번에
돈 많이
들어왔을 때
모은 걸로
샀어요.
이놈들…

대장님은 이 나라의
최고이시니까
이 정도는 타셔야죠!
쭈욱

지방대장의
첫 헬기 시승식.
타타타
타타타
수지나라를
시찰해 보기로
했다.

푸타타타타타타

성 근처는
정말 황량하고
썰렁한 풍경이야.
파파파파파
ㅋㅋㅋㅋ
멋져!!
재밌다♥

쿵… 쿵… 쿵…

쿵-
쿵-
쿵-
쿵-

??
뭐지.
저 숲은?

지도 상, 여기는
틀림없이….
벌판이어야
되는데….

이렇게 요란스럽게
크는 나무는 처음
보는군.

….

이유는
모르겠지만….
쿵.. 쿵..
뭔가 위험한
느낌이 드는데…?

타
타
타
타

타
타
타
타

타
타
타
타
타

여긴 그만 돌고
딴 데로 가보자고.
아무것도
없잖아.
….

아무래도 제가
직접 내려가서
확인해 봐야
할 것 같습니다.
!

어차피 착륙할 곳도
마땅치 않으니
저 혼자 갔다
오려구요.
헬기는 대충
옥상에 세워
두세요.
정 신경쓰이면
조심해서 갔다 와.
너무 돌아다니면
살이 빠진다고.

걱정 마세요.
그럼 얼른
다녀
오겠습니다.

슈응

팡

팔랑
팔랑
팔랑
후욱
후욱
후욱

꼬마 근육아!
!

지금
다른 근육들
전부
모여 있어.
운동한다고….
아아, 그래!
나도 곧 가려던
참이었어.

너도 같이
가지 않을래?
아, 아니.
내가 거기
끼어 있으면
근육들이
불편해
할 거야.

이 숲은
근육들을
위해
생겨난 것이
확실해.
난 그냥
멀리서
응원할게.

무슨
소리!
꺄악!
번쩍
이게
무슨
짓이야
…!!

내려줘!
난 무겁단
말이야!
하하하!
지방들은
덩치만 크지,
우리보다
가볍던걸?

부스럭
부스럭

….
침투의 기본은
꼼꼼한 위장술.

!

곧바로 이어지는
은밀한 추적.
사삭
사삭

그렇게 셀룰이
도착한 곳엔….
흐얏
흣
흣
흐얏
흣
퍽 퍽
퍽
놀라운 광경이
펼쳐져 있었다.

무예 연마.
발차기는 이렇게….
네!

체력 증진.

심신 안정.

여기서 운동하면 잘 지치지도 않고, 금방 회복되는 것 같단 말이야?
등골이 서늘해진 셀룰라이트.
하하하.
난 이 나무 밑에서 명상을 하며 우주의 기를 받아들인다네.
….

이대로 넋 놓고 있다간 근육들에게 나라를 빼앗기겠어…!
이 숲은 도대체 뭐야!

수지 포레스트.
심폐지구력이 늘어날수록 자라나는 숲.

숲이 커질수록 산소와 영양소의 효과적인 공급이 가능해진다.
근육이 잘 자라고 유지되는 환경이 되는 것이다.

수지 포레스트는 점점 나라를 뒤덮는 중 이었다.
대, 대장님!
큰일 입니다…!

아
아 아
아
아
아
아

....
....
MUSCLEKING
대장님!
정신
차리세요
!!

아,
아니지!!
부릅
이건
명백한
협정 위반
이잖아?!

앞에선
휴전 협정을
맺어놓고
뒤에서
몰래몰래
운동을
했어!

야비한
근육놈들
!!!
척
척
척
척
척
이렇게
뒤통수를
쳐?!!

전쟁이다.
전쟁…!!
이번에야말로
근육 자식들을
끝장내 버릴 테다!

오늘은 수지의
사이즈 점검일.
27
28
29
30
31
32
33
쭈욱

체중은
70.5kg
좀처럼
움직이지 않던
체중계 숫자가
다시 내려가기
시작했다.

체중감량보다
더 놀라운 건
확연히 달라진 체형.
체중
70.5
팔
33
87
엉덩이
104
허벅지
종아리

최근
몇 달 동안의
체중 변화는
더딘 편이었지만
찰칵
찰칵
찰칵
찰칵
체형은
지속적으로
변하고 있었던
것이다.

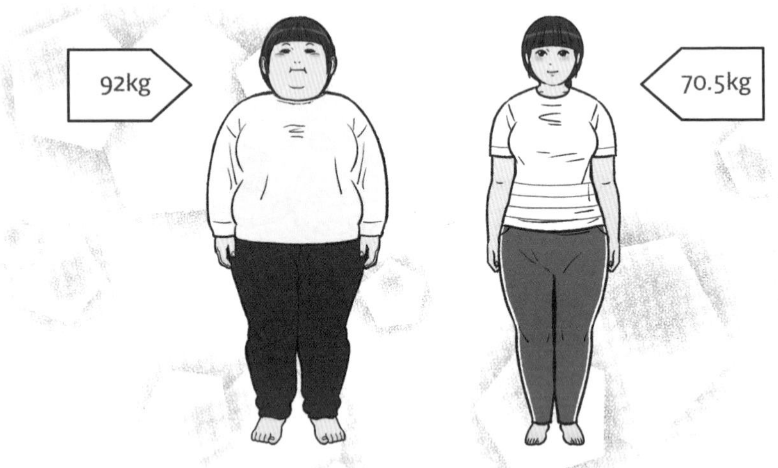
92kg
70.5kg

세상에…!
비율이
달라졌어요,
선생님!
이것이 바로
슬로우 다이어트의
힘…!

그럼 난
헬스장으로
출근하러 간다.
네!
저, 오늘은
좀 피곤하니까
집에서 쉴게요.
이제 슬슬
신수지 자료들을
정리해서
업뎃해볼까…
ㅋㅋㅋㅋ
아직 찬희의
블로그 모름.

자신의 숨겨진 원래 모습을
천천히 되찾아가는 기쁨.

Sher
lock

CARAMEL
DONUT
NUT

CARAMEL DONUT

살도 좀 빠졌는데
하나 먹을까?
그냥
참을까?

삐-이
삐빗
삐빗
삐빗
띵동
드득
드득득

어,
오랜만에
이벤트가
떴네.
Explorer
설치하시겠습니까?
네
아니오
안 해야지.

내일까지 계속
생각나면
그때 먹자.

수지가 빵집을 통과했습니다.
$000100
그래, 그래.
제법인데,
신수지!

요즘 뇌는 한껏
여유로운 생활을
즐기고 있었다.
스트레스 받을 일이
없기 때문이다.

1년 전.
슈우우우우

펑
퍼펑
펑
펑
끄악!!
펑
악!!!
아악!!

또 굶는 다이어트를
시작했네….
펑…
펑…
펑…
며칠 뒤
컴퓨터가 또
난리 나겠군.

빠바바바바박
Shin Suzi Explorer
설치하시겠습니까?
네
아니오

어휴, 이거 무슨
악성코드도
아니고.
아니오.
아니오.
아니오.
아니오.
아니오.
아니오.

휴….

빠
바
바
바
바
빠

이 멍청한
수지 자식!
왜 만날 처굶고
이런 고민을
하는 거야.
이런 거 말고
좀 더 생산적인
고민은 없는 거야?
내가 이런 무의미한
클릭이나 하고 있어야 해?

그냥 먹어!
전부
처먹어!
네
아니오
Shin Suzi Explorer
정말 결정하시겠습니까?
모두 예
앞으로 1달간 다시 묻지 않습니다.
먹어!
나한테 허락
받지 말고 먹어!!

잘먹겠
습니다!!
그런 시절도
있었는데 말이야….
캬
캬
캬
캬
캬
캬
파워살찜을
시전합니다.

띵동
띵동
띵동
으응?

아니, 저게
무슨 일이야!!
LIVE
지방들
왜 저래?
으응??

요즘 좀
잠잠하다
했더니!
탁
탁
탁

이게 갑자기
무슨 짓이죠?
지금
평화 협정을
어기겠다는
겁니까?
닥쳐!
닥치라고!
약속은
너희가
먼저
어겼잖아
!!
으응?
또 무슨
생트집을
잡으려고….
우리는 약속을
어긴 적이 없어!
일단
공격해라!!
공격!
와아아아

빠
악

뭐, 뭐야!
슈우우…
이 자식들 겁먹지 마라!
공격해, 공격!
와아
아아
아아
나왔다! 지방 분해킥!!
하체 근육 님이 직접 나섰어!
더 이상은 참고 있을 수가 없군요.
꾸준한 스쿼트와 런지, 유산소 운동으로 인해 탄탄해진 하체 근육.
튼튼한 하체가 중요한 이유는 다른 모든 운동의 밑바탕이 되기 때문이다.

대…. 대장님. 어떻게 좀….
먼저 나서 주세요….
슬금 슬금
이놈들! 대장님에게 무슨 말버릇이냐!
크윽 ….

이봐! 지방대장! 왜 다들 모여 있어?! 이게 무슨 소동이야!!
아, 뇌인가! 마침 잘 왔군!
이놈들이 협정을 어겨서 말이야!

이것 봐!! 당분간 세트 포인트를 유지한다고 써 있잖아.
그런데 이놈들이 몰래 모여서 운동을 하고 있었어!
저 덩치들 커진 것 좀 봐!

약속을 어겼으니 너 고소!! 위자료도 내 놔!!
이봐, 지방 대장.

이게 무슨 잠꼬대 같은 소리야?

세트 포인트는 뇌가 임의로 기억하고 있는 체중일 뿐,정체기가 아니라고!
세트 포인트는 72kg이 기준이어도 체중은 얼마든지 더 내려갈 수 있어.
72kg까지 돌아오기도 그만큼 쉽지만 말이야.
하지만 이건….
?

수지가 세트 포인트를 낮췄으니,
이젠 폭식해도 예전 92kg까지 금방 올라가지는 않는다는 얘기야!
!!!!

그리고 계약 내용을 다시 한번 확인해봐.
세트 포인트는 72kg에서 잠시 유지한다고 나와있지만 근육과 지방의 비율을 정해놓진 않았어.
그 얘기는 필연적으로….

누가 됐든 살이 빠진 만큼은 이곳에서 사라져야 한다.
그럼 지금처럼 식이와 운동을 병행할 경우, 사라지는 쪽은 누구일까?
뭐?

뭐, 뭐야?! 안 돼!!
안 돼!!
그런 게 어딨어!!

72kg
이잖아!
72kg…!!
둘 다
가만히
있기로
했잖아!!
앙?!
….

자네 혼자 계약서를
잘못 이해하고
있었을 뿐이야.
…!!
근육의
주장은
아주
정당해.

…나만 빼고
전부 한통속이라
이거야?
이 박쥐 같은 뇌…!
우리 지방들이 잘 나갈 땐
그렇게 아첨을
떨더니…!!

그럼 이
협정문은….
지방에겐
아무런
이익이
없는
거잖아…!!

무효….
?
이건
무효야.

이건 셋만 있을 때
작성한 협정문
이니까…
이렇게 많은
근육들 앞에서
사인한 적은
없어…!
그러니까
이건….

무효야!
무효!!
박
세트 포인트
따위
알 게 뭐냐!!
불공정
하다!!
인정 못 해!
박
박
박
박
먹는 대로
쪄야 맞는
거라고!

협정문
도장은
네 손으로
찍었잖아!!!
!!!
휙
휙
와아아
꺼져라
꺼져!
지방
놈들!!
휙

우우우—
대, 대장님
일단 몸을
피하시죠!!
끄흐….

아아아아…

4. 비만은 당신 탓이 아니다

위로의 말이 아닙니다. 1980년대에 이르러서는 대한민국에서 빈곤이 사라졌습니다.
1980년대를 산 사람도 마음만 먹으면 2012년을 사는 현대인만큼 살이 찔 수 있었습니다.
1988년과 지금을 비교하면 비만율이 약 3배가량 증가했다고 합니다.

1980년대는 2010년대보다 음식의 유혹이 적었습니다. 그때에도 식당 계산대 앞에서 사탕을 주는 정도의 서비스는 있었지만, 음식과는 관계없는 가게나 은행, 관공서에서까지 사탕을 주지는 않았습니다. 패스트푸드는 햄버거 프랜차이즈 몇 개와 호떡, 호빵, 떡볶이 같은 분식이 주류였습니다. 지금은 세계 각국의 온갖 음식을 맛볼 수 있는 음식점이 즐비하지만, 그때는 음식의 종류도 다양하지 못했습니다. 현재의 대형할인점과 같은 유통업체는 거의 없었고, 부담 갖지 말고 마음껏 먹으라는 시식 행사도 지금보다 드물었습니다. TV 광고도 지금처럼 유쾌하고 맛깔나게 표현하지 못했죠. 즉 2010년대는 30년 전보다 훨씬 음식에 대한 유혹이 많은 세상이 되었다는 뜻입니다. 거꾸로 말하자면, 당신이 지금 80년대로 돌아가 생활하면 과체중이나 비만에서 벗어날 확률이 3배 높아진다는 뜻입니다.

"하지만 결국 그걸 제어 못하는 개인의 탓 아닌가요?"

이렇게 말하는 사람, 분명히 있습니다. 그러나 최근 연구 결과에 따르면 비만의 이유는 사회구조의 탓이 크며, 개개인의 자율에 맡길 수 없는 문제라는 명백한 증거들이 있습니다. 아이스크림을 판매할 때, 아이스크림 냉장고의 문을 열어놓은 채로 진열하면 판매량이 더 증가한다고 합니다. 사람의 식생활습관은 대개 무의식적으로 이루어집니다. 가령 뷔페 음식점에서 큰 접시와 작은 접시를 주고 두 집단을 비교해 보면, 접시 크기와 비례해서 음식을 섭취한다고 합니다. 식품 기업들은 이런 무의식적인 소비패턴을 조장해야 이윤을 남길 수 있습니다. 그만큼 사람은 더 많은 열량을 섭취한다는 뜻이고요. 대한민국은 작은 접시보다는 큰 접시를 권하고, 전기료는 어찌 되든 냉장고 문을 열어놓는 사회로 변했습니다.

물론 타임머신이 발명되진 않았으니 우리는 먹을 것을 권하는 현재를 살아갈 수밖에 없습니다.
하지만 거꾸로 생각하면, 우리의 환경을 1980년대적으로 바꾸면 살이 빠진다는 뜻도 됩니다.

– 115쪽에서 계속

큰헬스장
큰헬스장

여기요.
슥

안녕하세요! 지난번에 들러서 가격 물어보셨죠??
아…. 네. 조금 늦었어요.
36만 원이에요…. 확인해 보세요.

맞겠죠. 요즘 이렇게 현금으로 등록하시는 분은 드문데.
지난번에도 말씀드렸듯이 옷과 수건은 대여되고요.

현금으로 하셨으니까 6개월에 서비스 1개월 더 해 드릴게요.
!!

발그레

감… 감사합니다.
?
꾸벅
꾸벅
하하하, 별말씀을.

그럼 오늘은 인바디를 재고 운동 기구 설명해 드릴게요.
네. 그냥 혼자서…. 괜찮겠죠…?
일단 PT는 안 받고, 혼자 운동 하시겠다 구요.
그럼요. 혼자서도 꾸준히 출석하시는 분도 많아요.

아하하하,
더는
못하겠어
~!!
좀 봐줘,
이 코치~!!
출석만 열심인 아줌마

…회원님….
못해, 못해
벌렁
무리야, 무리!

알았습니다. 다음엔
봐주는 거 없어요.
호호호,
알았어요.
다음엔
열심히
할게!
정말로!
ㅋㅋㅋ
저스틴에게 PT를
10회 받기로 했다.

그런데 이 코치는
이름이 왜 저스틴이야?
외국인이야?
아아, 이전 헬스장에선
외국인 회원도 많이
가르쳤거든요.
예명으로 쓰는 겁니다.

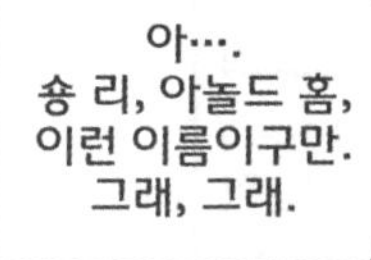
아….
숑 리, 아놀드 홈,
이런 이름이구만.
그래, 그래.

네.

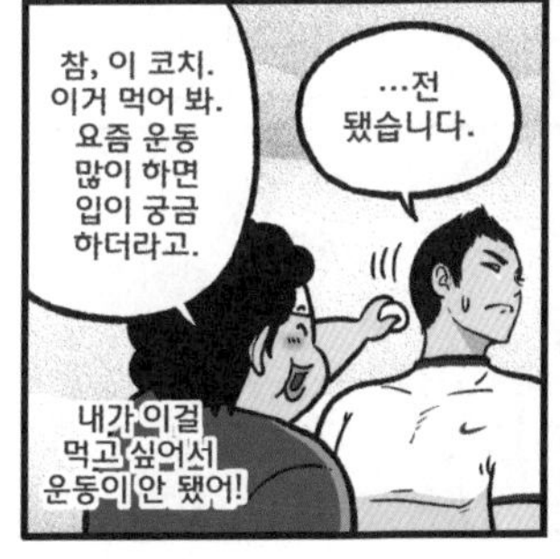
참, 이 코치.
이거 먹어 봐.
요즘 운동
많이 하면
입이 궁금
하더라고.
…전
됐습니다.
내가 이걸
먹고 싶어서
운동이 안 됐어!

아, 하나만
먹어
보라니까!!
자!!!
자
자
으
으 으

…….
우물
우물
우물

2급.
목표는 있는데
의지가 받쳐주지
못하는 사람.

3급.
목표도 의지도
없이 징징대기만
하는 사람.

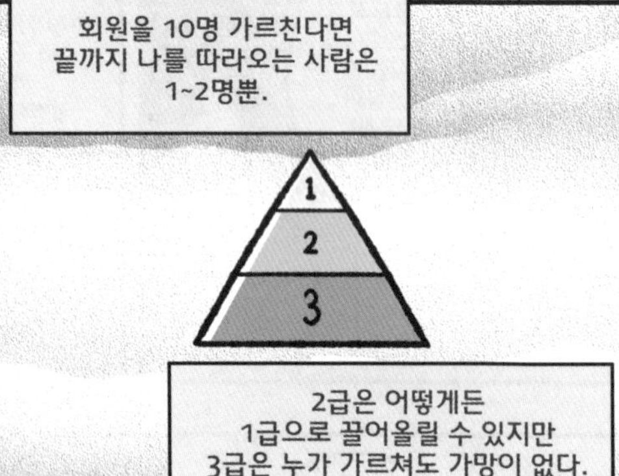

야!!
저스틴! 아니, 이 코치!!
헬스장에서 뭘 주섬주섬 먹고 있는 거야?!!
자기 집 안방도 아니고!!!!
제가 가져온 게 아닙니다. 텃세가 쩌시네요.

서 코치도 먹어!!
쏙

ㅋㅋㅋㅋㅋㅋㅋ
어디서 쪄온 거예요?
맛있다!

나머지는 사우나 가서 먹어야겠어. 호호호호!!
….

윙 윙 윙 윙

한 개만 더 주세요
이따위 코치한테 1급 회원이 있다니….

의욕 있는 1급 회원을 가르치고 싶다.
성취감을 느끼고 싶다…!

하지만
자기 마음에 드는
1급 회원을 만나는 건
생각보다 쉽지 않은
일이었다.

참새야! 오늘부터 다니는 거야?
헤헤헤…. 네, 언니.

아하하, 그런데 옷 잘못 입었다~. 파란색은 남자 회원 이야~.
…아…. 그게….

여자 옷이 맞는 사이즈가 없어서….
안 들어가서….
서 코치!! 정수기에 물이 없어!
네-!!

헉!!!
저기….
괜찮아요, 괜찮아!

언니는 그동안 살이 더 빠졌네.
부럽다….

나도….
나도 뺄 거야.
이건
이렇게…
빨리
여자 옷을
입을 거야.

꿀렁
꿀렁
꿀렁
꿀렁

으악!!
우당
탕

…
하하하 하하
퍽퍽퍽
퍽
퍽
퍽

처음 오셨어요?
신경 쓰지 마세요,
흔한 광경이니까.
네?
아, 네.
어디까지
설명
들으셨죠?
제가 마저
해 드릴게요.

인바디 결과 좀
보겠습니다.
네.

…

송참새.
169cm,
97kg.
고도비만.

오랜 경험상 여성 고도비만
회원의 대부분은 도중에 안 나온다.
자, 이 기구는
이렇게 꽉 잡으시고.
팔을
안쪽으로
…
다른 사람들
시선이
부끄럽다고.

주변에서 억지로
등 떠밀어서
헬스장을 등록한
경우가 많으니.
열심히 알려줘도
며칠 지나면
안 오고.

또 새로운
회원에게
헬스장 이용법을
알려줘도,
며칠 지나면
안 오고.

그게 반복되니
정말 열심히 하는
사람이 아니면
자세히 알려주고
싶지 않다니까.
이 기구는
다리를
들어 올리는
거예요.
다리를
탄탄하게.
앉아서,
옆에 중량
조절하시고.

"먹고 싶은 건
너무 많고,
운동은 하기
싫어요~!"
"이 동작
할 때는
쪽팔려서
운동
못하겠어요."
"징징징
징징징.."
이런 회원이
아니었으면.
네.
직접 한번
해 보세요.

헬스장까지 와서
열심히 운동하지
않는 게 가장
부끄러운 건지도
모르고….
이렇게
하면 되나요?
네? 네네.

흐압!!
끄압!!
쪼압!!
호오?

참새는
필사적이었다.
이….
이렇게요?
헉
헉
네.

좋아요.
설명은 끝입니다.
열심히 운동하세요.
저…. 앞으로
어떤 순서로
운동하면
좋을까요?

운동 전후 스트레칭 하시고,
워밍업-무산소-유산소운동
하시면 돼요.
네….
음….
그럼….

머뭇
머뭇…
왜요?
아….
아니오,
아무것도.

난 지금 1대 1로
PT 받는 게
아니니까….
더 이상
자세히
물어보면
좀 실례겠지…?

저 선생님은
수지 언니
담당이니까…
투덜 투덜
깨끗이
닦아!
한번 봤다고
더 물어보기도
그렇고….

어떻게든
혼자서
해 봐야
겠지…!
힘내자!!
팍
팍
팍
팍

후욱.. 후욱..
후욱.. 후욱..

후욱
후욱
후욱
후욱

…
….
당분간
지켜
보도록
할까….

철컥
철컥

끼이이..

엄마는 오늘 야근.

아빠도 야근.

오늘처럼
따로따로
먹어야 할 때가
더 많다.

어릴 때부터 혼자 있으면
매일 라면 끓여 먹었는데.
우우우웅
이제
라면과 빵은
끊어버리기로
결심했으니까
안 돼.

가족 모두가
바쁘니까
냉장고 속에
무슨 음식이
언제부터
있었는지,
먹어도
괜찮은 것은
무엇인지 잘
알 수가 없다.

혼자서라도
장을
봐야겠어.
HomeMart
착한
가격
빨리 공부도
해야 하니까
제일 가까운
곳으로 가자.

운동 갔다오느라
시간이 너무
많이 갔어…
가장 빨리
먹을 수 있고
그나마 내가
좋아하는 걸로….
토마토
1+1

가장 싼
토마토.
5,160원

5,160원
입니다.
삑

좋은
토마토.
9,800원

집 앞
중국집 짜장면은
3,000원인데
토마토 가격은
왜 이러지?
라면, 빵,
짜장면이 싼 건지,
채소가 비싼 건지….
그러고 보니
모든 채소값이
다 이상한 것
같아.
닭가슴살까지는
무리야.
고민할 필요가
없네.

싸아아

첩
첩
첩

두 개 먹었다.
나머지는
아껴 놨다가
내일
먹어야지….

탁

배고파….

이렇게만 먹으면
원 푸드 다이어트와
다를 게 없어….
수지 언니
말대로
단백질을
좀 더
먹어야 해.

참새야,
너 왜 계란은
다 남겼어?

옛날에
삶은 계란 먹고
체한 기억이
있어서….
아…

까득
까득

꾸역
꾸역
꾸역

싫어하는
음식을 먹는
고역.
꿀꺽

벌써
시간이
이렇게….

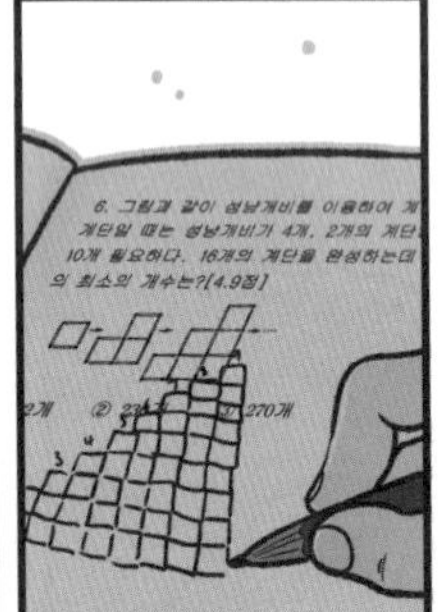

집중이 잘
안 되네.
배고파.
사각
사각
다른 것도 좀
먹었으면
좋겠는데….

괜찮아. 그런 거
안 먹어도 뺄 수 있어.
다이어트는 원래
참으면서 고통스럽게
하는 거잖아.

하아….
맛있는 거
먹고 싶다….

참자….
참자….
참자….
참자….
참자….
참자….
참자….
참자….
참자….
참자….

취이

조금만
기다리세요.
다 됐으니까.
허허….
여기까지 와서
고생하네요,
숙이 씨.
취이이

볼 때마다 핼쑥해져서
제가 마음이 안 좋아서
그래요!
저 요리솜씨
좋은 것도
자랑하고
싶고 ..!!

그런데….

둘이 먹을 건데
너무 많지 않나
싶은….
그득
그득
오호호호!!
제가 옛날부터
손이 크다는
얘길 많이
들어요.

어허허!!
머리도 잘하시고,
요리도 잘하시고!
정말 숙이 씨는
손재주가 좋아요.

하하하….
하….
하하하하.
근데 요즘엔 서울에서
헤어 박람회가
자주 있으신가 봐요!

자주
왔다갔다
하시려면
고단
하시겠다.
….

탁
…왜 제가 자주 올라오는지
정말 모르시겠어요?
…!!!

허겁
지겁
냠냠
…

왜 이것밖에
못드세요,
좀 더 드세요~.
하아하아….
너무
배불러서….
으으….
진짜로
배가
터질 것
같아!!

그래도
조금만.
아아~.
흐윽
흐윽…

미안해요,
그만
먹을게요.

으음, 그럼
알았어요.
얼른얼른
치워야겠네!

또각
또각
또각

MILK

어머!
냉장고가
비었네♡

여기 넣어둘 테니까
틈틈이 다 드세요.
냉장고도
좀 큰 걸로
바꿔요~.
척
척
척
척

전 이제
그만 갈게요.
나오지
마세요~.
네.
조심해서
내려가세요….

우우웅

이걸 나 혼자
다 어떻게
먹으라고….
운동으로
커버가 안 될
양이잖아….
아~ 숙이 씨
…….

못 먹고
버리게
되려나….

아니, 아니야.
버릴 수 없어!
왝
왝

많이 만든 사람은
숙이 씨인데
왜 내가 죄책감을
느껴야 하지….
끄흐흐

버릴 수도 없고,
먹을 수도 없고….
선택하기 어려운
괴로운 상태의
부장.

건강한 다이어트를
위해선, 음식을
덜 만드는 것 또한
중요한 것이었다.
아아 아아…

5. 다이어트 심리

– 97쪽에서 이어서

비만을 유발하는 사회구조와 질병으로 취급하지 않는 인식 때문에 다이어터들은 힘이 듭니다. 우선은 부담감을 벗어던지라고 말하고 싶습니다. 부담감을 버리지 못하면 성공적인 다이어트를 할 수 없습니다. 잠깐 눈을 감고 '비만'이라는 단어에서 어떤 느낌을 받는지 생각해보세요. 많은 분들이 '수치심', '부끄러움', '무절제', '게으름' 같은 부정적인 단어를 떠올릴 겁니다.

한 연구기관에서 비슷한 체지방률을 가진 사람을 선별하여, 비만에 대해서 부정적인 이미지를 가진 집단과 그렇지 않은(긍정적이지는 않더라도 상대적으로 덜 부정적이고 낙천적인) 집단을 나누어 체중 감량을 시켜보았다고 합니다. 그러자 부정적인 이미지를 가지지 않은 집단이 훨씬 높은 감량 효율을 보였습니다. 부정적인 집단은 폭식이나 간식 섭취를 제어하지 못하는 성향이 강했다고 하네요.

로미오와 줄리엣이 금지된 상황에서 강렬하게 끌렸듯이, 식욕과 비만에 대해 죄악감을 가진 사람일수록 그것에 더 강력하게 끌립니다. 그러면 우선은 다이어터 스스로가 담대해져야 합니다. 위에서 말했다시피 비만은 개인의 잘못만이 아닙니다. 세계보건기구(WHO)는 비만을 이미 중대한 질병으로 다루고 있습니다. 그리고 국가적인 차원에서 이 문제를 해결하기를 권고합니다.

물론 이 사회를 벗어나서 갑자기 무인도에서 살아갈 수는 없습니다. 그렇지만 어째서 비만이 유발되는지, 어떻게 피해야 하는지 파악했다면 그것을 피할 수 있는 방법도 알 수 있습니다. 언제까지 사회에 모든 탓을 돌릴 수는 없습니다. 우리는 체 게바라가 아니니 비만을 유발하는 사회를 개혁하려 나서기는 어려운 일이지요. 그러나 최소한 자신이 통제할 수 있는 범위 내의 환경은 변화시킬 수 있습니다. 그 방법은 대개 소소한 부분들입니다.

– 152쪽에서 계속

빨리 출근
안 하고
뭐해?
옷이
없어서….
이상하게
옷이 자꾸
없어지는 것
같아요.

?
?
?

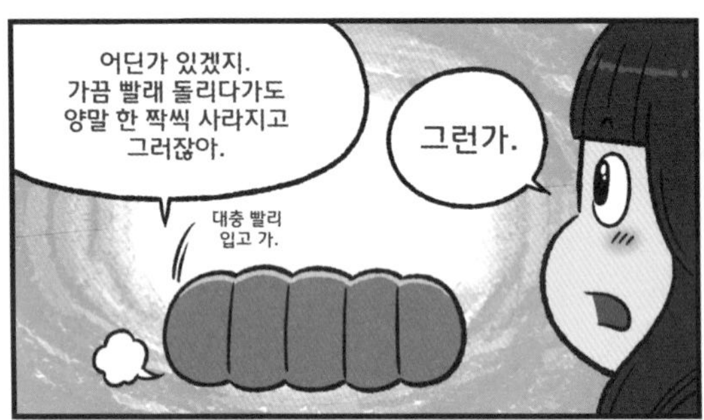
어딘가 있겠지.
가끔 빨래 돌리다가도
양말 한 짝씩 사라지고
그러잖아.
그런가.
대충 빨리
입고 가.

그런가….
잠 깨워서
미안해요.

수지는 최근
너무 커진 유니폼을
새로 맞췄다.
77

수지 씨, 정말
살 많이 빠졌다.
와….
정말요?
응, 응.

저….
몇 kg 정도
나갈 것
같아요?
새빛은행

한 65kg?

수지씨
몇 kg이야?
맞아 65kg쯤
돼 보이는데?
와…!?

내가 65kg 같다고??
현재 수지의 체중
70kg

진짜 그만큼 밖에
안 나가 보여요?
정말?
정말?
?

65kg이라는데
왜 저렇게
좋아하지…?
연예인들은
다 48kg이던데….
여성의
적정 체중을
잘 모르는
보통 남자의
생각.

남들이 볼 땐
아직 멀었다고
생각할지
모르지만
이미 수지나라의
변화는 곳곳에서
일어나고 있었다.

쏴아아
촉촉

지방꽃이 정말 예쁘네요.
예뻐요!
부드러운 여자의 몸 선엔 지방도 꼭 필요하니… 꽃지방님의 공이 정말 큽니다.
호호호, 과찬의 말씀을.

저도 울퉁불퉁하고 보기 싫은 지방이 아니라, 몸매를 예쁘게 보이게 하는 지방이 될래요.
저두요.
저두.
근육들도 이 말을 들으면 정말 기뻐할 거예요.

그날 이후로 행적이 묘연해진 지방대장.

성 안에서 조용히 칩거하고 있더라는 소문이 돌긴 했지만
무슨 생각을 하는지는 아무도 몰랐다.

꽃을 같이 키워 보실래요?
우선 이렇게 땅을 파야 해요.
푹
푹

탁

?

우와,
보물상자다!
웅성
웅성
열어봐요,
열어봐!
궁금해요!!

끼이이이

드디어
수지의 손가락에서
도드라진 뼈마디가
발견되었다!

!!
쏴아아아

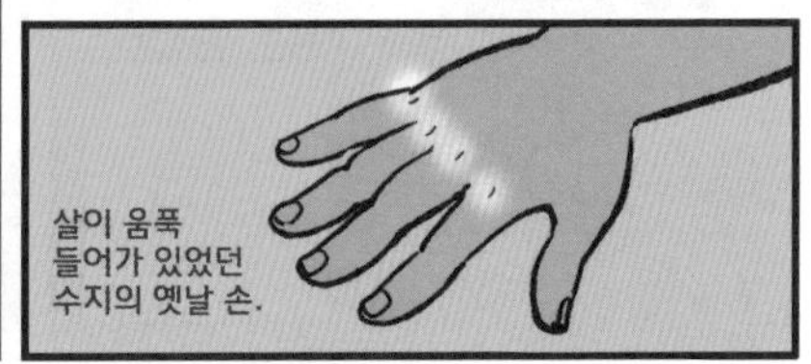
살이 움푹
들어가 있었던
수지의 옛날 손.

그 외 각종
중요한 유물들도
속속 발견되는
시기였다.

역시 맞는 거
같군요.
네. 이건
틀림없이
오래전에
자취를 감춘
전설의 유적
….

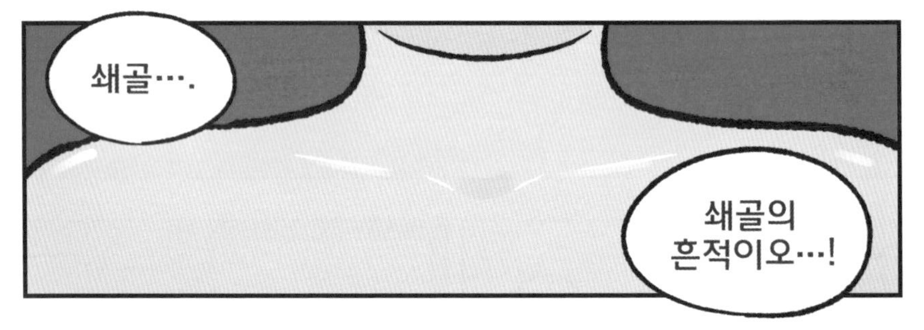
쇄골….
쇄골의
흔적이오…!

이 발견으로 인해
수지나라에도
쇄골이 존재했다는
가설이 입증됐소!
오오!!

수지나라의
위대한 지도자,
지방대장!!

아직 파내야 할
흙들이 많이 남아있지만
곧 완전한
모습을
드러낼
것이다.

쿵
쿵
쿵
수지나라의
위대한 지도자,
지방대장!!

폴썩

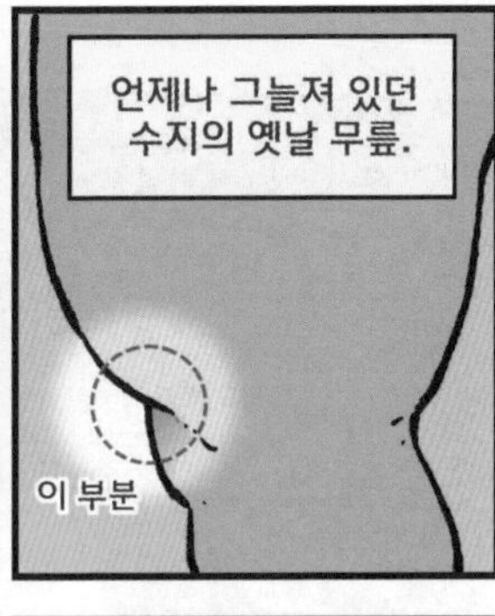

날이 갈수록 점점
아름다워지는 수지나라.

지금
꺼진 모니터
앞에서 뭐해요?
그냥 뭐
생각하고
있었어
….
인생에
대해…

?
….

스윽

뜨거운데?
!!!

아, 아냐!
아무것도
안 했어!!
비켜봐요!
한번 보게!
모니터만
금방
껐구만!
으악!

여성 빅사이즈 전문 카페
[팝니다] 88사이즈 의류 판매합니다. | 아이디 : 트레이너SEO
서너번밖에 안입은 새옷입니다.
살이 많이 빠져서 입을 수가 없게 되
어쩔 수 없이 팝니다.
아끼던 옷인데 아깝네요 ㅠ.ㅠ
품질 100% 보증!
운송비 포함 2.0

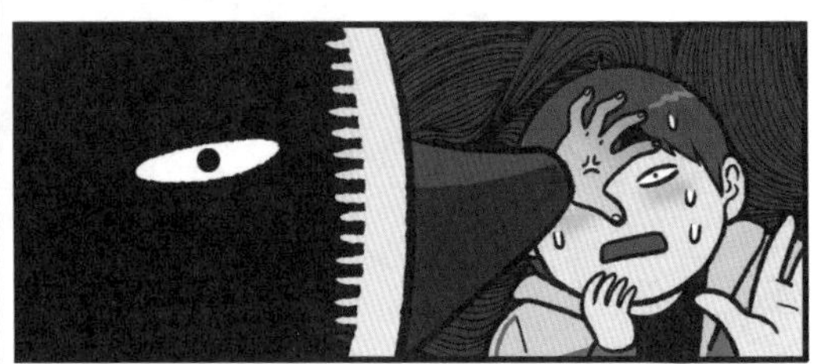

시….
신수지.
오해하지 마.

큰 옷을
갖고 있으면
다이어트에
방해가
될 수도
있다고…!
나중에 다시
살찌면 아무
생각 없이 그 옷을
입게 될 테니까.
마음 새롭게
정비하라고
귀찮은 거
도와주는 것도
모르고!!
찬희의 말은
언뜻 맞는 말
같아 보이지만….

그럴 거면 판 돈을
나한테 주든가!
퍽퍽
아!
맞아도 싼
행동이었다.

최근에 좀
커진 옷들
참새 주려고
했는데.

하긴 뚱뚱할 때
입던 옷
그대로 주면
기분 나쁠 수도
있겠구나….

탁…
탁탁…
탁
탁
탁

518

이왕
헬스장
등록한 거.

이번엔 정말
마지막이란
생각으로…!

운동에 대한
정보를 얻는 것
자체는 어렵지
않다.
오히려 너무
많은 게 문제.

중요한 건 이 중에서
무엇을 선택할 것이냐!!
초보자를 위한
헬스장 가이드.
워밍업과 스트레칭을
꼼꼼히 해야 합니다.

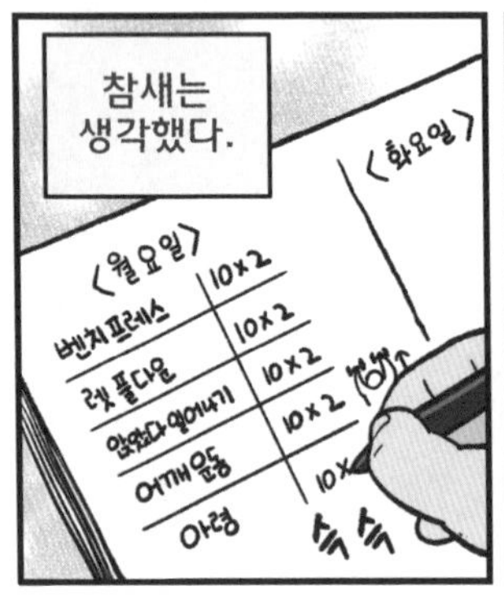
참새는
생각했다.
〈화요일〉
〈월요일〉
벤치프레스 10x2
랫풀다운 10x2
앉았다 일어서기 10x2
어깨운동 10x2
아령

헬스장의 많은
트레이너가
저스틴
선생님.
모두 PT 회원만을 위해
있는 건 아닐 거라고.

이 정도
부탁이라면
큰 실례가 되진
않을 것이다.
선생님이 어제
알려주신 대로 나름
일주일 플랜을
짜봤는데요.
슥

잠깐 봐주시면
안 돼요?

1급!

어디….
프로그램은 나쁘지
않은 것 같습니다.
1급
회원!!
제가 몇가지 더
추가해 드릴게요.

가르치고
싶어…!
가르치고
싶다…!
혼자서 다
알아보신
거예요?

……??
무슨 생각을
하고 있는 거지?

네. 혼자서
이것저것….
….
운동법
같은 건
검색하면
나오니까….

…회원님.
정말 의욕적이신데,
저한테 PT 한번
받아 보실래요?
아뇨.

돈 없어요.

그럼 전 운동하러
이만….
잠깐!!

그럼
상담이라도
받아보시죠.
저랑 PT를
시작하면….

12주 안에
비만에서
벗어날 수
있습니다!

….

물론 PT비용이
비싸게 느껴질 수도
있지만….
방긋
방긋
그동안 내가
가르쳤던 회원들
비포 애프터 사진
보면 마음이
달라질걸!

전 괜찮아요.
됐어요.
!!

아, 아니….
안 해도
좋으니까요.
일단 상담만….
어차피 하지도
않을 건데
상담 받아봤자
시간낭비잖아요.
그럼 너무
죄송해서….
정말 전
괜찮아요.

그럼 전 운동하러
이만….
….
푸훗

하하하하하

무조건
밀어붙인다고
그게 되겠어?
이 코치?
신뢰를
쌓아야지!
신뢰요?!
발끈!!

당신 같은
사기꾼에게
그런 말 들을
이유 없네요.
수지 회원님
300만 원 들고
날른 거 제가
다 들었습니다.
뭐야?
누구야!
누구한테
들었어!
네온비
관장님
이요.

좀 있으면
GX 수업이니
몸이나 좀
풀어야겠습니다.
내 말 아직
안 끝났어!!
서 코치님은
될 수 있으면
말하지 마세요.
속 터지니까.

무시.
붕 붕 붕
붕 붕
….

와…. 저스틴 코치님
근육 봐….
술렁 술렁
….

홱

!!!

부우웅
잘난 척 하지마, 이 자식!
체력으로 승부다!!
부웅
훅
훅
훅
훅
훅
붕
붕
붕
붕
붕
붕
어느 한쪽이 멈추기 전엔 끝나지 않는 게임…!!

찬희 씨,
그만해요.
그만해!!
더 이상은 몸이
버텨낼 수
없을 거야!!
순정만화
버전

현실
와, 참새야
저 꼴 좀 봐!!!
ㅋㅋ 전
저스틴 샘한테
천 원요.
ㅋㅋ
ㅋㅋ
머리에서
김난다!!
ㅋㅋㅋㅋㅋ
ㅋㅋ

붕
붕
붕
붕
붕
붕
붕
붕
붕

둘 다 케틀벨 흔들면서
지랄하지 말고
제자리에 갖다 놓으세요.
이 코치는
얼른 GX 수업
준비하고.
헉헉…. 네
알겠습니다.
이겼다!
이겼어!!

잘난 척하더니
별거 아니잖아?
뭐라고요?
지금은 GX
때문에…
됐어요,
그만두죠.

네가 헬스장에
와서 효과 본
회원이
얼마나 있어?
….

운이 좋아 1급 회원을
만난 것뿐이면서…!!
G.X
우르르

수지 언니, GX 수업은
돈 내고 신청한
회원만 들을 수
있는 건가요?
아니? 그냥 같이
하루에 한 시간씩
단체운동하는 거야.
난 PT 때문에
시간이 없어서
가끔씩만 해.

호오….

맨 앞에서
잘 따라 해야지!
웅성 웅성
….

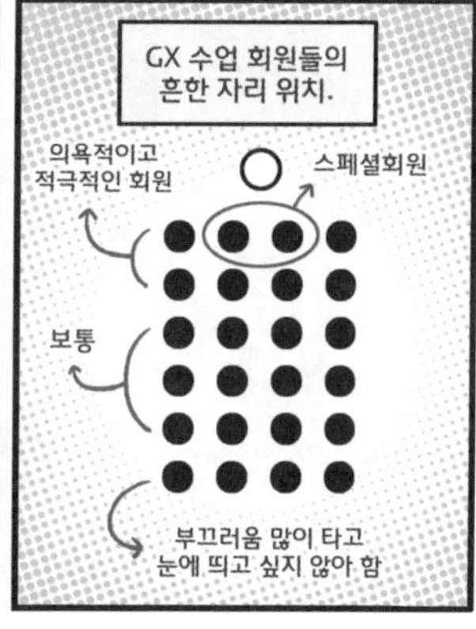
GX 수업 회원들의
흔한 자리 위치.
의욕적이고
적극적인 회원
스페셜회원
보통
부끄러움 많이 타고
눈에 띄고 싶지 않아 함

저스틴에겐 보인다.
날씬해진 참새의 모습이.
그래서 더욱 미련이 남는다.
자, 그럼 수업을 시작하겠습니다.
네!

한편.
뚝 뚝 뚝 뚝 뚝

꾸준히 운동하는 수지.
익숙해질 만하면 프로그램을 바꿔버리니 PT는 항상 힘들다.

악마 같은 서찬희.
캬캬캬
한번 더해
돼지야!

지금은 밀린 숙제를 하느라 힘든 거야.
유지하는 단계까지만 가면 그날그날 숙제만 하면 돼.
평생 이렇게 힘들진 않아.
하지만 가끔은 상냥한 말을 건넨다.

좋아. 오늘은 여기까지!
유산소 20분만 하고 마무리하자.
식단일기
검사는….
후아
후아
잘 지켰겠지.
괜찮아.
네.
천사.

하지만 내가
앉아서 쉬라고
한 적은 없을 텐데?
일어서!
뻥!
악마.

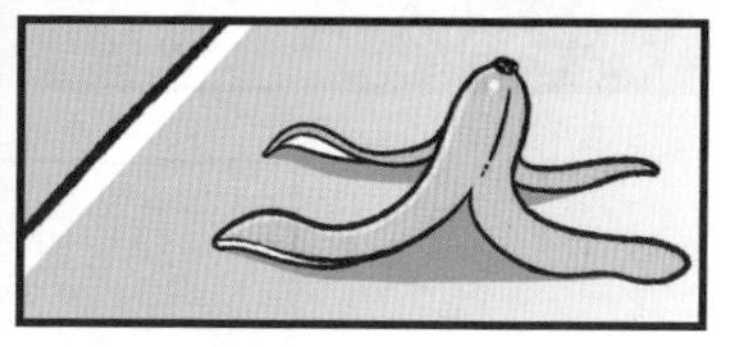

이렇게 강도 높은
운동을 하고 온
날에는 온몸이
녹초가 된다니까.
하지만….

별로 뭔가
먹고 싶지는
않다.
복잡한 생각도
안 들고….
몸은
피곤하지만
….

마음은
가뿐해.

언뜻 이해되지
않을 수도 있지만
애애앵
톡
건강한 식생활은
운동과 함께 할 때
오히려 지키기가
쉽다.

촤라라라라라라라라

그동안 쌓은 게 아까워서라도
스스로 자제하는 습관이 생긴다.

누군가의 몸과 바뀌거나,
마법처럼 날씬해져 있다거나,

전래동화 속 박씨부인처럼
드디어 허물을 벗고
본 모습이 되었다거나….

응?

엄마 혹시
내 스타킹
가져갔어?
어머! 내가
빨아놓으려고 했는데
물에만 담가놓고
깜빡했네!
내가 그냥
한다니까,
참….

보통 학생이면
학교 가는 길에
아무 스타킹이나
사 신으면 되지만,

복장이
그게 뭐야?
몇 학년
몇 반이야!
죄송
합니다
….
나는 빅사이즈를
찾지 못하면
들어가지도 않는걸.

빨리
날씬해지고
싶다.

하루라도 빨리
날씬해진다면
내 인생은 하루 더
행복하겠지.

딩동
딩동
2-2

참새의 친구들.
재잘
재잘
야, 진짜
내 허벅지 봐!
미치겠어~.
야~.
내 허벅지가
더 굵거든.
장난 아니야.
재잘
재잘

난 또 그날이
다 됐는지
턱에 막 뭐가
나고….
앗.
….

참새는 진짜
성격 좋아서
어딜 가도
사랑받을 거 같아-!!
부럽다!!
하하….
그런가?
고마워.
맞아, 참새
진짜 착하지.
그리고 귀엽고.
맞아,
맞아.
참새는
친구들과
사이가 좋았다.

괜히
내 눈치 보면서
억지로 칭찬하지
않아도 되는데.
난 내 몸에
익숙하니까….

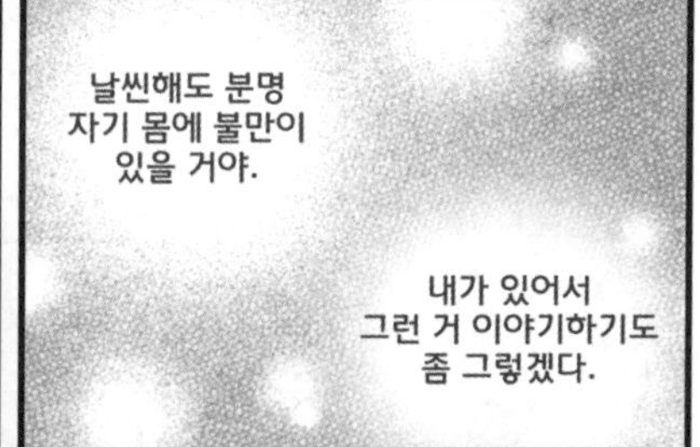
날씬해도 분명
자기 몸에 불만이
있을 거야.
내가 있어서
그런 거 이야기하기도
좀 그렇겠다.

대한민국
다이어트
The Reason
Book

참새의 동아리 모임.
자, 그럼 오늘은 여기까지만 하고….
지난주에 각자 추천도서에 대해 써오는 거, 해 왔어?
아니요.
아니요.
아니요.
이놈들 봐라?

저…. 여기, 제 거 해오는 김에 저희 동기들 것도 같이 조사해봤어요.

역시 송참새, 성실하고 덩칫값 하네!
….

잘했어, 참새야. 그럼 여기까지만 회의하고 흩어지자.
나는 이거 보고 각자 메일로 쏴 줄 테니 확인들 하고.
네~.
그럼 다들 해산!

우르르

으! 추워!

야, 참새야. 너 가디건 좀 벗어 줘라.
넌 살이 많아서 별로 안 춥잖아.
ㅋㅋ
ㅋ
ㅋ
야, 너 왜 그래. 참새한테.

아하하하….
하하하….

그래, 너희
왜 그러냐?
말 그렇게 하지 마.
추운 건 다 똑같지.

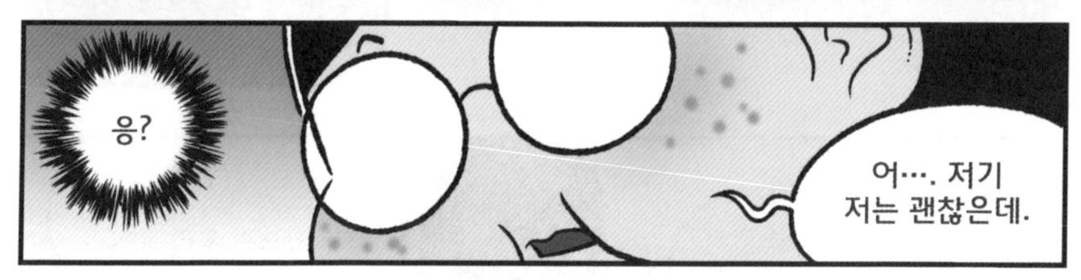
응?
어…. 저기
저는 괜찮은데.

본인이 괜찮다잖아요.
농담인데요, 선배.
그래도
그러는 거
아니야.
너 이 녀석,
남아서
대장 정리 좀
도와.

선배….
잘가~♥
나를
편들어줬어,
고맙게.

아 참.
오늘 봐야 할 참고서를 동아리방에 두고 왔네.

독서부
두런
두런

선배 왜 송참새 편 들고 그래요?
농담한 거 민망하게.
BOOK
착하잖냐. 솔직히, 책임감도 있고.

너네 2학년 애들 다 개인적이잖아. 참새 없으면 우리 동아리 안 돌아가.
….

선배, 그럼 참새랑 사귀시든지요. ㅋㅋㅋ
뭐?

그건 좀
아니지.

드르륵

어? 차….
참새야.
안 갔어?
네, 뭘 좀
두고 가서요.
어딨더라….

아, 여기 있다, 참고서!
저 그럼 갈게요.
수고하세요~.
수학 참고서

…들었을까?
에이,
들었으면
저럴 리가요?

과외

화난다.
예뻤으면 좋겠다. 예쁘지 않으면 날씬하기라도 했으면 좋겠다.

나는 몸짱이 되고 싶은 게 아니야.
그냥 보통 사람처럼 살고 싶은 거야.

혼자 다이어트를 하고 있지만,
비만에서 벗어나기까지 버텨야 하는 시간이 너무 길다…….

송참새 회원님.
12주면 비만에서 벗어날 수 있습니다!
참새는 집에 돌아가는 내내 저스틴의 말이 자꾸만 생각났다.

안녕하세요,
회원님!!
오늘도
같은 시간에
오셨네요.
!

네,
안녕하세요.
저스틴
선생님….

그럼 오늘도
열심히
하세요!!
파이팅!!
호의는
감사하지만
아직은….
열심히 하는
회원에게는
상냥한
저스틴.

PT 비용까지는
감당할 수가
없어요.
어떻게든
저 혼자서
해볼게요.
주섬 주섬

안녕,
참새야!
아, 언니.
오셨어요?

그래도 헬스장에 오면
수지 언니가 있어서 좋아.
나의
롤모델…

?
톡
톡

짜잔!!
!!

언니는 정말 좋은 사람이에요….

얼른 살 빼서
수지 언니에게
선물받은 옷
꼭 입어야지.
꼭!!

언니, 전
헬스장 오면
언니가 있어서
좋아요.
나도.
함께 하는
운동의 즐거움.

삑

하아
하아
하아
하아
윙 윙
윙

옛날에 내가
제일 좋아하는
기분은….
배가 부른
기분이었는데.
ㅋ ㅋ ㅋ
ㅋ ㅋ
ㅋ ㅋ

언제나 배가 불러
빵빵해질 때까지
먹고

기분 좋은
포만감을
느끼다가
졸음이
쏟아지면
그대로 자고.

다음날 기름지고
빵빵한 얼굴을 봐도
원래 그러려니….
하아…
또 부었네…

하지만, 이제
그렇게 계속
더부룩하고
허리띠가 졸리는
느낌은 싫어.

요즘 내가
좋아하는 기분은
적당한 심장의
두근거림과
예전보다
가벼운
다리의 느낌.

이렇게 달릴 수 있는
몸이 내 것이라는 게
행복해.
다리가 아프다거나
머리가 어지럽지도 않아.

땀이 나고,
숨이 찬다는 건…
진짜
‘살아있는 느낌’이
아닐까?

나는 살아있다.

살아있다…!

오늘 운동
끝!!
후아
후아
후아

개운해…!
운동 후의
개운함
정말 좋아!
쏴아아아
오늘도
진짜
열심히
산 기분!

예전에 난 팔이 참 짧은
편이라고 생각했었는데.

살이
빠지면
팔도 길어
지는구나.

짧은 팔이 아니었어.

오늘따라
왠지 더 날씬해
보이는데?
쏴아아
NEW

선생님이
체중은
자주 재지
말라고
했지만….

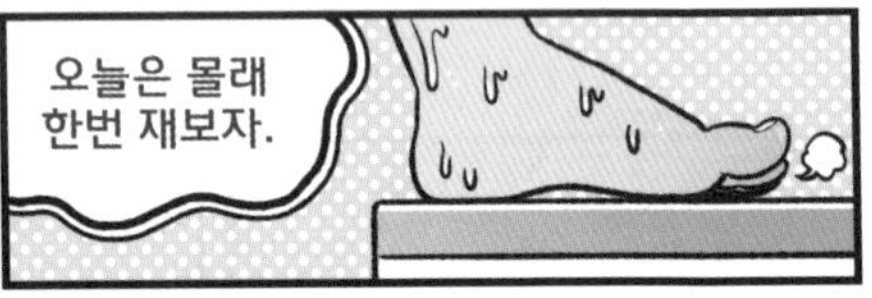
오늘은 몰래
한번 재보자.

히히

길게만 느껴졌던
74kg 정체기…!

그리고 70kg
세트 포인트
… !!

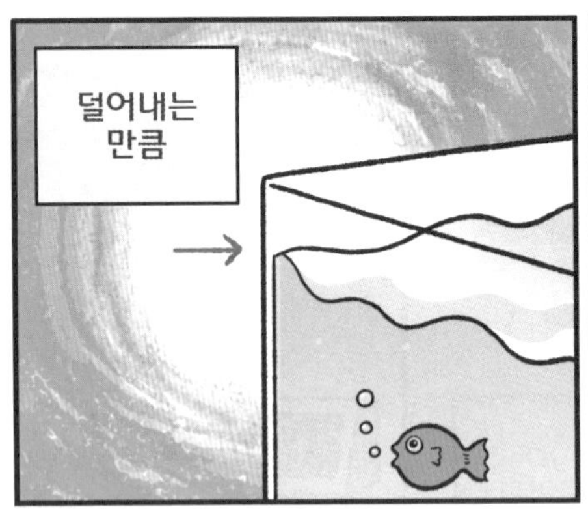

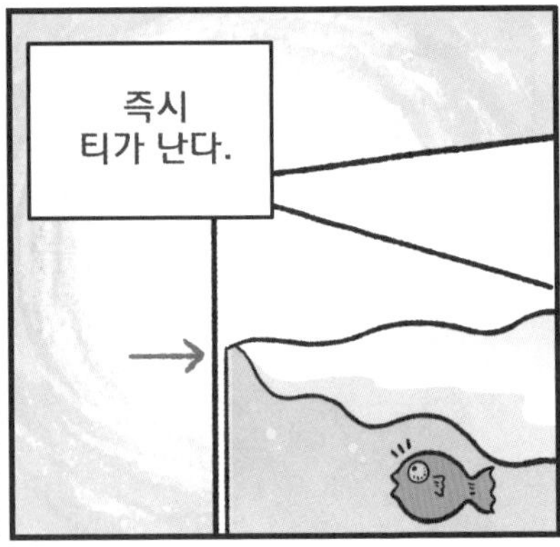

여기까진 아주
보람차게 살을 뺄 수 있다.

그렇게 수지는
앞자리 7에서
드디어 탈출했다!

6. 심리를 이용한 다이어트 방법 上

– 115쪽에서 이어서

작은 그릇을 쓰자

뷔페에서 작은 그릇을 나눠준 그룹과 큰 그릇을 나눠준 그룹을 비교하면 후자가 훨씬 많은 양을 먹는다고 합니다. 접시 크기와 음식 섭취량은 거의 정비례한다고 하네요. 사람들은 식사할 때 정확하게 양을 측정해서 먹지 않습니다. 그저 '내가 대충 이 정도 먹지 않았을까?'라고 생각하는 것입니다. 음식 섭취는 생각보다 훨씬 자동적이고, 심리적인 요인에 많은 영향을 받는 것입니다.

이 방법은 집에서 밥을 먹을 때에도 이용할 수 있습니다. 작은 그릇을 이용하면 그만큼 밥이나 반찬을 덜 먹게 됩니다. 밥그릇을 바꿀 때는 간장 종지만 한, 진짜로 조그맣구나, 라는 정도의 작은 것을 선택하세요. 거기에도 생각보다 많은 양이 들어갑니다. "이걸로 정말 덜 먹게 될까?"라고 의심의 눈초리를 보내는 다이어터도 있을 겁니다. 그러나 기껏해야 그릇 바꾸는 일입니다. 한번 시도해 보셔도 손해 볼 것은 없잖아요?

조리가 필요한 음식을 선택하자

한 국가의 비만율이 높아지는 것은 패스트푸드의 확산과 정비례합니다. 간단하게 먹을 수 있는 만큼, 쉽게 먹는다는 것이죠. 따라서 조리가 쉽지 않은 음식을 집에 놓는 것이 좋습니다. 가령 라면은 한 번에 많이 사놓지 말고, 필요한 만큼 그때그때 구입하세요. 그러면 야식을 포기하거나, 최소한 편의점까지 걸어가는 칼로리만큼은 추가로 소비하게 될 겁니다.

딱 붙는 옷을 입자

미국의 교도소 음식은 형편없다고 알려져 있습니다. 그런데 재소자들을 조사한 결과, 이들이 출소할 때면 체지방률이 치솟아 있었다고 합니다. 이유를 추적해보자, 그들이 입는 옷과 관련이 있었다는데요. 미국의 죄수복은 점프수트라는 윗도리와 바지가 일체가 된 형태입니다. 생활하기 편하게 품이 넉넉하다고 합니다. 교도소의 생활은 심심하기 짝이 없고, 맛이 있든 없든 식사는 중요한 즐거움 중 하나입니다. 앞에서 말했다시피 음식 섭취는 상당히 무의식적으로 이루어집니다. 만약 죄수복이 타이트하다면 허리가 꽉 껴서 "어? 살이 쪘나보네?"라고 금방 인식하게 될 겁니다.

물론 몸매에 자신이 없어서 일부러 넉넉한 옷을 입는 분도 있겠지요. 그러나 그런 옷을 입는다고 몸매가 가려지지는 않습니다. 그래도 자신감이 생기지 않는다면 집 안에서라도 타이트한 옷을 입어 보세요. 타이트한 옷은 좋은 경보기가 됩니다.

음식을 보이지 않는 곳에 둔다

간단한 장애물이라도 앞에 놓으면 그만큼 음식을 덜 섭취하게 됩니다. TV 앞 탁자에 마음껏 먹을 수 있는 과자를 항상 올려놓으면 아무 생각 없이 먹게 될 겁니다. 가능한 한 음식은 찬장에 넣어두든가, 눈에 띄지 않는 곳에 둡니다. 먹는 데 약간이라도 더 노력이 필요하다면 그만큼 섭취가 줄어듭니다.

– 〈다이어터 라이트 에디션〉 6권 12쪽에 계속

청결한 헬스장을 위한 소리.
딱

워이이잉
빨리 네온비를 부려 먹을 날이 와야 하는데.
자꾸 양말 개수가 비네.
서 코치가 가져가나?
코치님!!
쓰왁
쓰왁

네, 회원님. 무슨 일이죠?
저, 팔뚝 살 빼는 방법 좀 알려 주세요.
워이이잉…

그런 건 없어요. 지방을 한 군데만 골라서 뺄 수 없거든요.

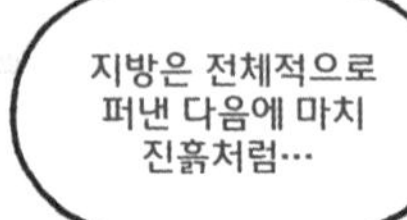
지방은 전체적으로 퍼낸 다음에 마치 진흙처럼…

시간과 노력이…

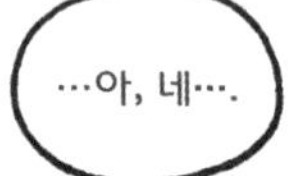
…아, 네….

이코치님, 팔뚝 살 빼는 방법 아세요?
이 운동을 해 보세요.
어?

역시, 이 코치님!!
….

그 부분만
잘라내지 않고서야
어떻게 팔뚝 살만
뺄 수가 있지?
말도 안 돼!!
그런 방법은 없어.
저스틴이 지금
사기 치고 있는
거라고…!!

탈의실
저스틴!!
왜 말도 안 되는
소리를
하는 거야?
네?

해당 부분의
근력 운동을 해 주면
근육이 탄탄해지고,
시간이 지나면
사이즈가 줄잖습니까.
그럼 거기 살이
빠지는 거라고
생각해도 되죠.
허….
양말은
대여품입니다.
가져가시면
안됩니다.

FITNESS
아니, 그래도
지방이 빠지는 거랑은
다르잖아…!
…서 코치님,
그건 나도
아는데요.

그렇게 회원님들께
말해봤자
안 좋아해요.
잘 귀담아
듣지 않구요.

그러니…크게
상식에 어긋나지
않는 선에서,
그 회원이 듣고 싶어하는
대답을 하는 거죠.

채널고정!!

인기 최고 "트레이너 캐"의

신개념 3분 복부운동법이 곧 공개됩니다!

일어날 때, "다이!"

누우면서, "어트!"

감량전쟁
다이어트를 소리 내 말함으로써 초심을 유지하는 거죠.
이 운동으로 올여름엔 비키니 수영복에 도전하세요!!
다이!!
다이!!
어트!!
어트!!
오오, 저희도 함께 해 볼까요?
하하하

트레이너 캐만의 특별한 운동법!!
따라 해 보세요!!

사실 특별할 것이라곤 없는 동작인데 몇 가지 추가해서 자기가 전부 새롭게 개발한 운동법처럼 광고를 하는군.
빡
저건 그냥 크런치잖아.

그나마 운동은 따라 해도 손해 볼 게 없지만,
먹으면 빠진다!!
2주간 10kg 감량 가능!!
이런 광고는 정말 조심해야 해.

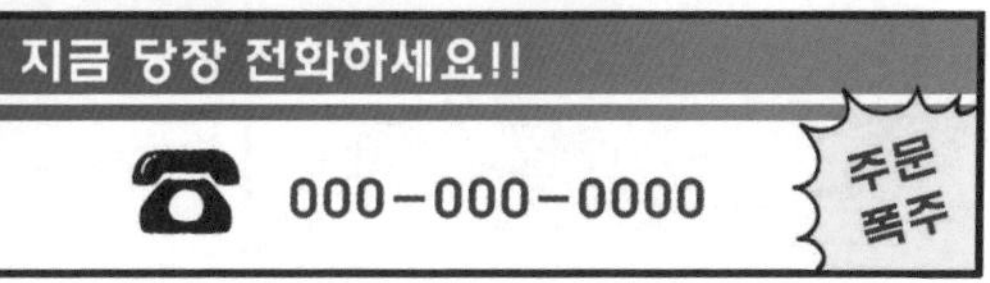
지금 당장 전화하세요!!
000-000-0000
주문 폭주

뚜루루루

낚았다,
낚았어!
호갱님의
전화를
받아라!!
네!!
<다이어트
짝짝짱짱>
말씀이시죠?
뚜루루루
뚜루루루
뚜루루루

…정말 2주에 10kg
가능하나요?
정말로??
일단 써 보시고
말을 하세요.
안 써봤으면
말을 하지
마시고요.
그럼
살게요.

ㅋ ㅋ ㅋ ㅋ ㅋ ㅋ ㅋ ㅋ

물론 대부분
광고처럼
되지 않는다.

그러고도 이런 제품이
계속 팔리는 이유는….
네? 효과가
없다고요?

그건 고객님
잘못입니다.
관리를 잘
하셨어야죠.

주르륵
그걸
당연하게
납득하는
소비자.

잘 되면 내 탓,
안 되면 네 탓….
정말 장사
편하게
하는군.
SPORTS
티비 끄고
침낭에서 자요.

열심히 해서 성공한 다음
네온비와 저스틴을 청소시킬 거야!!

하나-
둘-
셋-
넷-

다리 근육이 발달되죠.
네?
술렁
술렁…

이제부터 할 운동 이름은 런지고요. 이렇게….
그거 하면 다리 살 빠지나요?

나 지금 여기서 더 알 생기면 안 되는데.
시무룩…
나도 그래서 일부러 유산소만 하는데….

?
여러분, 근육은 많을수록 좋은 거예요. 왜냐면….
아, 여보세요? 응응, 나 운동 중. 뭐라고?

….

설명은… 어… 그럼 다음에 하고….
NO SWEAT, NO SWEET
운동을 시작할게요.

짜깍
짜깍
짜깍

G.X
우르르르
운동 되긴 하는데 좀 지루하지 않나?
난 이제부터 월수금만 들어와야지.
저스틴 선생님이 더 좋아.

….

선생님, 매트 정리 도와 드릴게요.
어, 고… 고마워.

저기… 내 수업 재미없어?
음… 나쁘지는 않은데….
저스틴 수업은 항상 꽉 차있던데.
… 제 생각을 말씀드려 보자면.

저스틴 선생님은 확실히… 좀 더 전문가 같은 느낌 이랄까…?

전문가?
듣기 좋은 소리만 해 주는 게 전문가란 말이야?

내가 알려주는 게 더 정확한 건데…
큰 헬스장
큰 헬스장
왜 받아들이질 않지?

수지나라의
앞자리가
6이 되면서부터
근육들을 위한
시설들이 생겨나기
시작했다.
끼익
끼익

테마파크 개장!
와아아
Welcome to
MUSCLE
LAND

어린
근육이한텐
이 삐에로가
뭘 만들어
줄까~?
지방?
지방 좋아하니?
지방은
싫어요!
하하

뽀깅
뽀깅

짜잔

와아…

행복한 추억을
만들어가는 근육들.

그에 비해….
수군
수군
수군
수군

요즘 대장님
진짜 이상한데….
우리도
줄 잘 서야
하는 거 아닌가?
어휴….
대장이
저래서야
지방의
미래는 누가
책임진단
말이오….

부하들의
신뢰를 잃어 가는
지방대장.
대장님….

여기, 대장님이
좋아하시는 돈입니다.
짤랑
짤랑
됐어….
넣어 둬.

대장님,
그럼 식사라도.
됐어….

대장님,
그럼….
화사하게
꽃은
어떠세요?
기분전환 겸.
뭐? 꽃?
웬
꽃이냐?

저기….
숲에서….

뭐??!!
감히 지금
어디서 가져온 걸
내 앞에 들이대!!

군소리
안 하고
가만히
있으니까!!
나를 지금
바보로 아는
거↗야!!↘
쿵
쿵
쿵
쿵

하지만, 이렇게라도
기운을 차린 모습이
셀룰은 반갑다.

대장님.
요즘 왜 그러시는
겁니까….
빨리 정신을
차리셔야죠.

고민이 있으시면
말씀을 하세요.
그래야 저희도
안심하고 대책을
마련하지요.
혼자 그렇게
끙끙 앓고
계시면….
….

그런 게 아니야…!
차라리 고민 따위면
좋겠는데…!
나도 모르겠어.
뭔가 다 무기력해!
근육 마을을
들쑤셔 놓는 일도
귀찮고.

뭐라고요…?
오히려 지금은….
길에 떨어진 쓰레기를
줍고 싶기까지 해.
분리수거도 하고 싶고….
내가 대체
왜 이러는 거지…?

변하는가.
수지나라는….
이제 변할 수밖에
없는가….
난 말야.
훌륭한 근육이
될 거야!!
완전
소원이었어!
응….
그래그래.
열심히 해봐.
나도 멋진
근육님이
되고 싶다.
근육님이….

러블리♥
예쁜 옷
BAG
기준이에게도 봄은 오는가
SALE
힐끔
힐끔

옷 보시게요?
편하게 구경하세요.
똥똥 → 통통의
범주로 넘어온
수지.
네?
아, 네!
Accessory 2,000
SALE 20%

편하게
구경하래!
별 것 아니지만
수지가 정말
듣고 싶었던
말…!

이… 이거
걸쳐봐도
되나요?
그럼요.
그럼요.

붕붕붕
기분 좋아!
난 60kg대
여자!
자신감
UP.

근데 몸이 좀
이상하게
으슬으슬하네….
오늘은 운동
쉬는 게
좋겠다.

…아. 그래.
오늘 쉰다고?
알았어.
….
낑
낑

여성 회원님은
이런 거 섣불리
들다가
다치십니다.
스으윽

열심히 하는
회원에게는
상냥한 저스틴
제가
해 드릴게요.
싱긋

코치님 너무
멋있어요….
하하하,
감사합니다.
혈액형이
뭐예요?
애인
있으세요?
….
영업이 몸에
뱄구만, 뱄어!
이 자식!!
트레이너냐!
호스트냐!

자, 이제 곧
GX 수업을
시작하겠습니다.
FITNESS
와아아아!!
우르르
저스틴!!
저스틴!!!

….

슥

하하하
하 하하 하

뭐야….
내 수업과 크게
다르지 않은 것
같은데….
왜
저스틴
수업은
아무 말 없이
따라하고….

…?
뭐야?

오늘 일이 있어서
먼저 가보겠습니다.
뒷정리 부탁해요.
예!
….

크흠
큼
SPORTS

으흠…
흠…
FITNESS

헬스장
영업 종료.
큰헬스장
수고
하셨습니다.

….
….
척
척
척
척
척

뭡니까,대체?
거참 아까부터
신경쓰이네!!
….
수업 할 때도
힐끔힐끔
쳐다보고!

…?

잠깐 좀
따라와 봐.

★6권에 계속

Index

[부록]

[본문]

다이어터 라이트 에디션 5

초판 1쇄 2020년 6월 29일

지은이 캐러멜 · 네온비

발행인 이상언
제작총괄 이정아
편집장 손혜린
책임편집 유효주

기획 이용환
표지 디자인 ALL designgroup
본문 디자인 변바희, 김미연, 이지은
마케팅 김주희, 김다은

발행처 중앙일보플러스(주)
주소 (04517) 서울시 중구 통일로 86 바비엥3 4층
등록 2008년 1월 25일 제2014-000178호
판매 1588-0950
제작 (02)6416-3922
홈페이지 jbooks.joins.com
네이버 포스트 post.naver.com/joongangbooks

ISBN 978-89-278-1129-9 04810
ISBN 978-89-278-1123-7(set)

중앙북스는 중앙일보플러스(주)의 단행본 출판 브랜드입니다.